孙道荣 著
SUN DAORONG ZHU

YUEGUANG DE SHENGYIN
月光的声音

山西出版传媒集团
山西人民出版社

图书在版编目（CIP）数据

月光的声音 / 孙道荣著 .—太原：山西人民出版社，2017.8
（2020.10 重印）
（全国中考热点作家美文典藏书系）
ISBN 978-7-203-09987-1

Ⅰ.①月… Ⅱ.①孙… Ⅲ.①散文集—中国—当代
Ⅳ.①I267

中国版本图书馆 CIP 数据核字（2017）第 158400 号

月光的声音

著　　者：	孙道荣
责任编辑：	郝文霞
复　　审：	贺　权
终　　审：	员荣亮
装帧设计：	张慧兵

出 版 者：	山西出版传媒集团·山西人民出版社
地　　址：	太原市建设南路 21 号
邮　　编：	030012
发行营销：	0351-4922220　4955996　4956039　4922127（传真）
天猫官网：	https://sxrmcbs.tmall.com　电话：0351-4922159
E－mail：	sxskcb@163.com　发行部
	sxskcb@126.com　总编室
网　　址：	www.sxskcb.com

经 销 者：	山西出版传媒集团·山西人民出版社
承 印 厂：	山西出版传媒集团·山西人民印刷有限责任公司

开　　本：	890mm×1240mm　1/32
印　　张：	9.5
字　　数：	200 千字
印　　数：	8 001—11 000 册
版　　次：	2017 年 8 月　第 1 版
印　　次：	2020 年 10 月　第 3 次印刷
书　　号：	ISBN 978-7-203-09987-1
定　　价：	39.80 元

如有印装质量问题请与本社联系调换

目 录

第一辑　造景计划

一只茶杯　003

造景计划　007

钉子户　011

下河游泳　014

"悬浮"的局长　018

老同学来当县长了　022

一窝狗崽　026

疑似领导　030

会叫的母鸡　034

爷孙决　038

假　货　042

镶嵌在墙上的黑板　045

第二辑　月光的声音

051　月光的声音

054　声音是看世界的另一只眼睛

057　转角遇到爱

060　最美的对视

063　多说一句话

067　瞄　准

071　一辆公交车的人文情怀

074　干　净

077　敲　门

080　地板上的月牙儿

084　河上的"清道夫"

087　每个人都有自己的舞台

091　美德在民间

094　窗口有面镜子

097　改变世界的力量

101　手工扇

104　温暖的雪书

107　天上飘下来的礼物

地　气　110
旧报纸里的温情　114
站牌下的约定　117
水边的守护　120
帮一个，是一个　123
奶　奶　126
老师的餐巾纸　130
你有多重要　134
你的满足让我疼痛　138
请你帮帮我　141
约好了春天开花　145
优雅的侧立　148

第三辑　每朵花本应芬芳

我要发芽了　153
一位母亲的危机处理　156
教　子　159
每朵花本应芬芳　162
寻人启事　165
命运可以随时拐弯　168

171　我信得过你

174　进城的蝈蝈

177　信　赖

180　在行走中长大

184　孩子，我在等你犯错

188　卖莲蓬的小姑娘

191　早晨从一朵花开始

第四辑　26只蝴蝶

197　袖子的味道

201　65°角的阳光

205　和父亲坐一条板凳

209　谁关注你的背影

212　总是站起来的那个人

215　世界那么大，陪父母去看看

219　爱的移位

223　有一种爱叫相依为命

226　"棺材"里的鼾声

229　26只蝴蝶

233　父亲都是艺术家

母亲的西湖　237
补丁也可以绣成花朵　240
请老乡上门　244
陪老母亲回到从前　247

第五辑　情绪空间

请自备容器　253
剔掉多余的　256
一个孩子的逃生行囊　259
悬在空中的疤痕　262
情绪空间　266
一条狗的生活半径　269
一只肉鸡的一生　272
雕　275
猴子照镜子　280
如果一个人变成了蚂蚁　284
鱼鹰的脖子　288

第一辑 造景计划

村民们极不情愿地含泪撤离村庄,当天夜里,山体垮塌,巨大的泥石流连同那棵倒下的『望乡树』,将村民的家园夷为平地。

村庄没了。

『望乡树』没了。

梯田没了。

景观没了。

一只茶杯

看来,这一回是动真格的了。

在县领导班子"比作风,找差距,树新风"的会议上,班子成员们互相开炮,相互找问题,进行批评和自我批评。以为不过是又一次走过场,没想到,这次来真的了。从网上公开的视频来看,班子成员们互相批评时,真的是一点不留情面,有的批评还相当尖锐。

最让网民们解气的,是刘副县长对黄县长的点名批评:"每次开会,都是秘书帮你拎包,帮你把茶杯放好,你知不知道,你这个做派,就是一种官僚作风,干部群众对此非常不满,影响很坏!"

网上一片点赞。现在的领导,皮包有人拎,茶杯有人端,雨伞有人打,车门有人开,一个个养尊处优,跟个老爷似的。久而久之,人们差不多已经见怪不怪了。

这个刘副县长,真是太耿直了,勇敢地说出了大家的心声。要知道,这可是在县领导班子会上;而且,据说市里和省里都有领导参加,现场监督;最要命的是,这回还第一次全程网络直播,全县的老百姓,都眼睁睁地看着呢。

黄县长当场低下了头,不停地擦着脸上的汗。

记者们还不肯放过,又给黄县长面前的茶杯,来了个特写,定格了整整5秒钟。

这条视频的点击率,眨眼之间超过百万,评论无数,一边倒地对黄县长这种连茶杯都要秘书帮着放好的官僚作风和习气,展开了严厉的批评和指责,要求黄县长必须向全县人民郑重道歉;有人声泪俱下地控诉黄县长的种种霸道行径;一个名叫骷髅的网民最活跃,接连发了好几条尖锐的评论,甚至义愤填膺地要求黄县长立即下台,引来一片赞叹。

网上舆论一边倒,大有失控的危险。黄县长的日子,不好过了。

就在网上群情激愤的时候,网民骷髅忽然又指出一个细节,他说,大家注意到了没有,黄县长的茶杯,竟然是一个罐头瓶子!

真的是这样吗?光顾着愤怒了,还真没注意。网民们回头去看视频中的那个茶杯的特写。看清楚了,茶杯的确是一个普通的罐头瓶子,肚子圆鼓鼓的,杯壁上还结着一层厚厚的茶垢,显得又土、又旧、又脏。

网民们呆住了。一个堂堂的县长,怎么会用这样的杯子喝茶?!

有人怯怯地说,看来黄县长还是蛮朴素的。不少人附和。没错,现在哪个当官的,不是戴名表、穿名牌、抽名烟啊,咱们的黄县长能用这样的茶杯喝水,说明他至少没有丢掉艰苦朴素的传统。舆论的风向,悄然转变。

但网民骷髅显然不肯就此罢休,他激动地说,你们别被表面现象迷住了眼睛,茶杯不过是一个容器而已,关键是里面的茶叶。贪官喝的茶叶,动辄几千几万元一斤。网民骷髅一针见血地指出,黄县长弄个罐头瓶子当茶杯,也许不过是作秀。

现在有的贪官,什么鬼点子都想得出,比如把茅台装在矿泉水瓶子里。那么,黄县长的罐头杯里,到底泡的是什么茶呢?这引起了网民们极大的兴趣,大家又纷纷回头去看那个定格的特写镜头。感谢那名记者,拍得很专业,杯子里面的茶叶清晰可见,叶片很大,不少叶片还连着粗粗的茶梗。

网民们彻底惊呆了,这哪儿是茶叶啊,就是工地上的民工泡的茶梗啊。这、这就是县长每天喝的茶吗?

沉默。长久的沉默。突然,网上的评论像火山一样再次爆发,几乎所有的人都开始给黄县长点赞。

大街上的人也奔走相告:你们知道吗,咱们的黄县长是个难得的大清官啊,他喝茶的杯子竟然是个罐头瓶子,茶叶更是那种最便宜的大梗茶。竟然还有人污蔑咱们的黄县长,真是人心不古、世风日下啊。

网名骷髅发出了最后一条消息，向大家表达深深的歉意后，就灰溜溜地下线了。

贾主任长长地舒了一口气，关了电脑，走出县政府办公室。这一天，真是太惊心动魄了，好在一切都在掌控之中。自己必须再起一个网名了，叫什么呢？贾主任摇摇头，明天再说吧。

见贾主任最后一个走出去，门卫老赵关上了政府大院的大门。他端起桌上一只锃光明亮的骨瓷茶杯，对着贾主任的背影，美滋滋地呷了一口茶，心里默默地念叨，贾主任真是个好人啊，拿这么好的茶杯换走了自己那个用了二十多年的罐头瓶子。

路灯将贾主任的影子，拉得越来越长。

造景计划

乡干部黄四和一个拎着大皮包的男人走进村庄时,全村的狗都狂吠起来。

黄四对皮包男说,别怕,会叫的狗都是虚张声势。

黄四和皮包男径直来到了村委会,村干部早就等候多时了。

黄四指着皮包男对村长说,这位就是我从市里请来的专家,他对如何打造旅游生态村很有想法,请他为咱们提几点建设性意见。村干部激动地鼓起掌来。

在听取了村长的介绍后,皮包男说,我们去村里看看吧,找找可开发的亮点。

这是一个普通的村庄,没有古迹,也没有名胜,村后有一座小山包,山上长满了树,显得郁郁葱葱。

皮包男在村子里前前后后绕了几圈后,指着小山包说,唯有这个小山包,可以打造成一处风景。

村干部愣住了,这么个普通的小山包,怎么看也不可能成为一处风景啊。村长说,要不,我们在小山包上多栽些树,这样会显得更加生机盎然。

皮包男摇摇头说,不,恰恰相反,我要你们把山上的树都砍了。

把树都砍了,那不成秃山了?

皮包男说,我刚才看了看,山顶有一棵大树,只把那棵树留下。皮包男拿出一张纸,画了一个弧形的山包,又在山包的顶端画了一棵树,然后对村干部解释说,我们在对面造一个观景台,看到的风景将是这样的:一座弧形的秃山,只有山顶傲然屹立着一棵大树。景点的名字我都想好了,就叫"望乡树"。这个景观,一定会火。

村干部和村民们,激动而热烈地鼓掌。

很快,山包上的树都被砍光了,只留下山顶的那棵大树。

对面的观景台也很快建成了,站在观景台上往这边眺望,光秃秃的弧形山坡上,一棵伞状的大树,突兀而孤独地挺立着。山坡下是静谧的村庄。每当夕阳西下,村里升起袅袅炊烟,山顶的大树在风中摇曳着树冠,此情此景,真的如诗如画,令人陶醉。

果然,没过多久,就有城里人在周末开着车前来观赏了。他们为山顶那棵大树孤独而倔强的身影惊叹不已。"望乡树",多有诗意、多有情怀的景点啊。

但游客仍然十分有限，不如预期的那样火爆，皮包男和黄四再次来到了村庄。

皮包男指着光秃秃的山坡说，看来仅有一棵"望乡树"还不足以吸引更多的游客。为了让小村更有特色，他强烈建议，把山上的树桩全部挖出来，然后在山坡上整出一块块高低错落的梯田，灌上水，春天开黄灿灿的油菜花，夏天栽绿油油的水稻，秋天种上菊花，冬天覆盖白雪，四时之景不同，其乐亦无穷矣。皮包男还拿出一张著名的元阳梯田的照片让大家看，这就是我们村未来的样子，一派真正的田园风光。皮包男激动地说。

说干就干，在乡干部黄四的指挥下，村民们老少齐出动，挖树桩的挖树桩，平整土地的平整土地，挑水的挑水，栽苗的栽苗，奋战一个月，光秃秃的山坡焕发新颜，梯田环绕，水星闪烁，绿色星星点点……

乡干部黄四慷慨激昂地说，等将来参观的人多了，我们就在村口建一个游客中心，收取门票。到那时，游人如织，你们就等着数钱吧。

村民们半信半疑地憧憬着美好的明天。

不过，还没等游客中心建成，雨季来了。大雨连续下了半个多月。

雨水裹挟着泥沙，冲毁了山坡上的梯田。最不幸的是，那棵孤独的"望乡树"，在一场大风中轰然倒下。

大雨如注，没有停歇的意思。

乡干部们冒雨来到了村庄，乡干部黄四亦在其中。在察看了灾情后，乡干部下达全体村民紧急撤离的命令，因为长时间的雨水冲刷，已经将毫无遮拦的山坡浸透，随时有山体滑坡的危险。

村民们极不情愿地含泪撤离村庄，当天夜里，山体垮塌，巨大的泥石流连同那棵倒下的"望乡树"，将村民的家园夷为平地。

村庄没了。

"望乡树"没了。

梯田没了。

景观没了。

所幸村民们都已安全撤离，被临时安置在附近的村庄。

雨季总算过去了。

在村民安置大会上，乡干部黄四传达了上级的精神，村庄原址已不适合重建，全体村民将统一按照拆迁标准进行安置，由皮包男的公司全资赞助。人们这才注意到，不知什么时候，皮包男也来了。

几天之后，十几辆推土机、打桩机轰隆隆开进了原来的村庄。已经坍塌的山坡后面，隐约可见不远处城市的边缘。

钉子户

那座破房子，孤零零地悬在半空，摇摇欲坠，成为远近闻名的钉子户。

它已经矗立在那儿很久了，有人说三年，有人说五年，有人说更久。原来这一片，都是和它一样的民宅，在城市西迁扩张过程中，这个原本偏僻的地段，也慢慢火了起来。附近的民房都被拆除了，建成了一幢幢高楼大厦。只有它，因为顽固地拒绝拆迁而成为最后一个堡垒。它被围墙圈了起来，和它同时被围住的，还有那几十亩已经被拆平的土地。就因为钉子户的阻挠，这个名为"旺角之城"的商品楼工程一直未能开工。

围墙之内，长满了杂草，甚至有人在边上开垦出一小片菜园，种了几畦蔬菜。开发商汤总也是睁只眼，闭只眼。他早已焦头烂额,哪有心思管这种小事。

汤总怎能不焦头烂额?

和他一同拍下这片土地的开发商,早就拆迁完毕,进场施工了。最早开发的王总,人家十几幢高楼已拔地而起,而且销售一空,赚得钵满盆满;第二批建成并开盘的章总,赚得更多,单从他这几年不停更换的座驾,就可见端倪了。刚拿到地那会儿,他开的是奥迪;才开盘,换成了奔驰;房子卖到一半,一步到位,换成捷豹了。而自己呢,因为工程搁浅,几乎陷入绝境。

一次次和钉子户谈判。先是项目经理,几十次上门,没谈拢;接着是副总,上门几十次,仍然没拿下;最后汤总亲自上阵,晓之以理,动之以情,开出诸多优惠条件,钉子户依然不为所动。无奈,汤总找到有关部门,希望动用政府的力量解决,钉子户还是软硬不吃,就是一句话,不搬。并在二楼打出横幅:誓与民房共存亡!

绝望的汤总一次次仰天长叹:天亡我也,天亡我也。手下的人干着急,有人提议软的不行来硬的,趁月黑风高之夜,强行拆除,用推土机推平了它,叫他再敢猖狂!汤总摇摇头,咱们是守法的商人,不能干那违法的事。同为开发商的朋友们,无不替他扼腕叹息,就连当初协助拆迁的有关部门,也替汤总鸣不平:这样的钉子户简直就是刁民,无法无天的刁民!这时候,愁眉不展的汤总,反过来会劝他们消消气。汤总说,房子是人家的私产,我们要尊重私产,尊重民意,尊重法律,这样才能促进社会的文明进步。他不肯拆迁,我们就耐心等待,慢慢做工作,直到他幡然醒悟。人们在同情汤总的同时，对其为人也是刮目相看。谁说商人唯利是图？汤总就是个例外！

于是，在周边一幢幢拔地而起的高楼中，汤总的几十亩待开发的土地，蔓草疯长，有的长得跟钉子户的那幢房屋差不多高了。不过，比杂草长得更快的，是周边楼盘的价格，从当初的一千多元一平方米，一步一个跟斗，如今已经翻到了二万多一平方米，暴涨了二十倍。

最早将土地开发出来的王总，眼看着楼盘一天一个价，肠子都悔青了，房价上去了，他的房源却早卖完了；章总判断，照这个趋势，房价还得涨，于是捂盘惜售，被人举报，上缴巨额罚款之后，不得不眼睁睁地看着一套套房子被抢购一空；最倒霉的是黄总，拿到土地后，眼瞅着房价不停地翻跟斗，于是，想多捂几年，等等再开发，拖了几年后，土地被按照政策强制收回了。这时候，人们惊讶地发现，只有汤总那块地，因为钉子户的坚守而被合法地闲置、升值……

那天，在一阵震耳欲聋的礼炮声中，汤总激动地宣布，他的"旺角之城"终于破土动工了。言毕，下面有人递上一把铁锹，让汤总挖奠基的第一锹土。有人认出，递铁锹的不是别人，正是钉子户。

有人说，钉子户得到一笔巨额补偿款，终于同意拆迁了；有人说，钉子户与汤总早就认识，是莫逆之交；还有人说，钉子户和汤总是合伙人……

下河游泳

眼看最后期限就要到了,黄局长寝食难安。

去年这个时候,黄局长当着省厅和市里一帮领导的面立下军令状:经过一年的治理,彻底改变河道污染状况,到时候,他陪领导们下河游泳。黄局长的豪言壮语,感动了在场的每一个人,各家媒体都予以重点报道。

眨眼之间,一年过去了,兑现诺言的时刻,到了。

可是,那条流经县城的河流,污染状况丝毫没有改变,不但没有好转,污染甚至更严重了。就在上个星期,有个孩子不慎落入河中,幸好被路人及时救起。上岸后,孩子和见义勇为的英雄却在医院住了半个月,因为他们全身的皮肤都被河水灼伤了,大面积溃烂。可以想见,水质有多糟糕。这样的河水,别说下去游泳了,在岸边待久了,人都能被熏倒。

一年来,为了能实现自己的承诺,黄局长也算是煞费苦心了。

他知道,最直接、最简单、最有效的办法,就是将两岸的污染企业关停或者迁走。可是,县领导不答应。河两岸集中了全县八成以上的工业企业,全县的GDP就指望它了,你说关停就关停?有了GDP这把尚方宝剑,各家企业的污水,继续有恃无恐地直接排放,他这个环保局长,只得睁一只眼,闭一只眼。

这条路行不通,黄局长只能另辟蹊径。他躺在老板椅上,想啊想啊。呷一口茶,继续想。咦,茶味怎么这么淡?茶是新茶,明前茶,正宗的西湖龙井,一个老板送的。他盯着茶杯,想起来了,这杯茶还是早晨泡的,已经冲了好几杯水了,忘了换茶叶了。黄局长一拍脑袋,有了!如果有更多的水注入河中,被污染的河水一经稀释,岂不就干净多了?

可是,上哪儿去调那么多干净的水呢?别看这个县号称江南水乡,到处是池塘,河流纵横,其实大多数的水,都被污染了。就连为全县人民提供饮用水的那座水库的水质,都已严重下降。有一年,因为水库的水被上游的一家矿山污染,不得不从邻县紧急调水,以解燃眉之急。

天无绝人之路,就在黄局长抓耳挠腮的时候,老天爷突然连降暴雨,倾盆大雨将原有的河水都冲到下游去了。大雨之后,河水浑浊了不少,却也少了很多刺鼻的气味。可惜,雨停之后没几天,从各家工厂排出来的污水,又将河流染得五颜六色。

虽然河水很快又恢复原状,但这让黄局长看到了一线希望。

他请示县领导,在兑现承诺的日子即将到来的时候,通过人工降雨,增加降雨量,来改变河流的水质。县里紧急动员部署,但凡天空有雨云,就朝天开炮,让雨水降下来。那段时间,全县炮声隆隆,经常是前一刻还艳阳高照,骤然便大雨如注,几成一景。全县老百姓都养成了习惯,随时带把伞,以备不期而至的大雨。

别说,河水还真被稀释了,慢慢干净起来了。

黄局长心里美滋滋的,世上无难事,只怕有心人啊。黄局长深有感触地一遍遍对手下的人说。

没想到,最后期限即将到来的时候,老天爷却忽然不肯配合了,天空万里无云,人工降雨的妙计无法实施。几天没下雨,河水又像昔日那样恶臭熏天。

省厅和市里的领导,都盼着黄局长兑现承诺的那一天;各路媒体也纷纷表示,届时要派记者赶到现场进行采访。

怎么办?

时间紧迫,黄局长急得像热锅上的蚂蚁。

老婆给他出了个主意。黄局长一听,乐了。

兑现承诺的这一天,到了。省厅和市里的领导以及各路记者,如约而至。

黄局长安排了几辆商务车。车出了县城,上了高速,又转到省道上,再拐了几道弯,在崎岖不平的山路上又颠簸了半个多小时后,终于在山脚下停了下来。

黄局长拿出一张地图,指给大家看:我们面前的这条河,就是流经县城的那条母亲河,我们今天就在这儿下河游泳。

河水果然清澈。有人不识时务地提出质疑,不是应该在县城段下河游泳吗?

黄局长不慌不忙地解释,县城段人多,情况复杂,难以保障领导和各位的安全。反正是同一条河嘛。他转身对记者们说,你们看看地图,是不是同一条河?

黄局长第一个"扑通"一声跳进河里。紧接着,领导们一个接一个跳进河中。河水真清凉,真干净啊。领导们惬意地感叹道。

第二天,多家报纸都大幅报道了领导们下河游泳的新闻,说××县城曾经污染最严重的那条河,现在又清澈如初了。不信?有黄局长、李书记等人下河游泳的照片为证!

"悬浮"的局长

手机又急促地响了起来,楼局长愠怒地扫了一眼,又是技术处的汪处长打来的。这个手机号码,知道的人不多,除非有特别紧急的事情,否则,谁也不敢轻易拨打这个电话。楼局长这次到马尔代夫度假,除了几个心腹,没人知道。怎么才到马尔代夫三四天,电话就追过来了?走之前都悄悄安排好了的,能有什么事呢?

楼局长接通了电话。汪处长结结巴巴地说,局长,您总算接……接电话了,事情紧……紧急啊!

楼局长没好气地问,能有什么大不了的事情?

汪处长咽了口唾液,局长,您前……前脚刚走,后脚就连……连续下了几天大雨。

楼局长鼻子哼了一声,下雨关我屁事!难道局里被淹了吗?

那倒没有。汪处长又咽了口唾液,大雨既没淹了咱们局,也没有淹了您家,可是,大雨淹了好多农田和民舍,几千人受灾。

楼局长不耐烦地打断了汪处长,别啰里啰唆了,你就直说,跟我有什么关系吧?

汪处长舔舔嘴唇,是这样的,受灾之后,各个部门的领导都亲自上了抗洪一线,这几天媒体上到处都是领导们亲临一线的报道,我们局不能没动静啊。

对啊,这种时候,自己身为局一把手,可千万不能临阵缺席。楼局长心头一紧,放缓了语气,对汪处长说,那就赶紧照老办法处理一下嘛。

汪处长连连点头,黄副局长、牛副局长和朱副局长一起去了抗洪一线,我们也抓拍了几张他们在现场的照片,效果很好。

楼局长哈哈一笑,好啊!你们再处理一下,不就结了?

楼局长刚刚悬起来的心,又放了下来。这不是什么难事。那次,上级来检查基层安全生产情况,除了听取汇报,还要求提供领导亲临现场检查督促的图片资料。局领导平时都很忙,哪里有时间亲临施工现场?补拍是来不及了,情急之下,还是办公室的小汪想了个妙招,在资料库里找到几张某建筑工地的照片,然后,将楼局长和黄副局长等人参加剪彩的照片,进行处理之后,PS 到了建筑工地的照片上。你还别说,这个小汪的电脑技术,那可真是一流,完全看不出处理过的痕迹,至少检查组的人没发现。事后,楼局长决定加大对新技术的研发力度,新成立了技术处，提拔小汪当了处长，并为技术处配置了苹果电脑、单反相机和最新的制图软件。楼局长在全局干部职工大会上颇有感触地说，科学技术是第一生产力，我们必须清醒地认识到这一点，并予以足够的重视啊。

汪处长没有辜负楼局长的厚望，他将技术处的工作做得有声有色，尤其让楼局长深感满意的，是汪处长苦心建立起来的图片数据库。这个图片数据库里，都是楼局长的照片：有的是楼局长蹲在机床前，和汗流浃背的工人聊天的；有的是楼局长挽着裤脚，站在地头，和老农拉家常的；有的是楼局长戴着安全帽，在施工现场挥手指点的；有的是楼局长拎着油壶，到敬老院看望孤寡老人的；有的是楼局长端着饭盒，在职工食堂和一线员工共同排队就餐的……为了拍摄这些照片，汪处长请来了市里最高档影楼里的摄影师和化妆师，集中拍摄了一个星期，将所能想到的场景，都拍了下来。而擅长表演的楼局长，也是演得惟妙惟肖，你根本看不出来，他是在演戏。这应该是演戏的最高境界了吧？

可别小看了这个图片数据库，自从有了它之后，无论是报纸还是内部通讯，需要楼局长的照片时，只需将图片数据库里的影像资料调出来，再PS到相应的场景中去，楼局长就出现在了任何需要他出现的场合。楼局长的形象，随着图片数据库的建立和汪处长的运作，变得愈发高大起来。

那就赶紧照老规矩去办吧。楼局长叮嘱汪处长。

汪处长吸了吸鼻子，吞吞吐吐地说，是这样的，图片数据库里唯独没有您在水中的照片，其他照片又与抗洪主旨不符，巧妇难为无米之炊，我也束手无策啊。

楼局长一听，呵呵笑着说，这还不简单，我正躺在马尔代夫金色的海滩上，身边就是蔚蓝的大海，我这就站到海里去，拍张照片，然后用手机彩信发给你，不就行了吗？说罢，楼局长跳进海里，让陪同他来游玩的曼妙女子用手机拍了一张照片，立即发给了汪处长。

第二天该局的官方网站上，刊发了一张楼局长和黄副局长、牛副局长、朱副局长等领导亲临抗洪一线抢险救灾的照片。照片中，几个局长站在水中，组成了一道人墙，阻挡着滔滔洪水。这张照片，真是太震撼、太惊险、太感人了！

前面的跟帖是一片溢美之词。忽然有人提出，楼局长身边的水，怎么会那么蓝，比游泳池的水还蓝。紧接着有人指出，这张照片是PS过的，PS的人，只顾处理楼局长本人的图像，忽略了他身边的水蓝得不真实。一时间，这张照片在网上疯传开来。

结局据说是这样的，楼局长从马尔代夫回国，一下飞机，就被请走了。

老同学来当县长了

比新县长上任的消息,飞得更快的是,新县长是郑成的大学同学,还是一个寝室睡上下铺的兄弟。

郑成是一所乡镇中学的老师,大学毕业快20年了,他一直在这所乡镇中学当老师。有门路的人,都调到县城的中学去了,郑成一直没挪过窝。也不是他没有门路,虽然他的父母是老实巴交的农民,亲戚中也没有一个做官的,但是,他有好几个同学都在省城的重要部门任职,帮他办个调动,挪个窝,应该不是什么难事,可是,郑成不想为此求人。他就一直窝在那所普通的乡镇中学。虽然偏僻简陋,但空气好。郑成经常这样自嘲。不但他自己一直没能调进县城,妻子40岁那年,还因为一起工伤事故,被单位炒了鱿鱼,失业了。这么不公平的事,搁谁也咽不下这口气,可是，人家就是欺负郑成性格软弱，像捏软柿子一样欺负他。

谁也没想到，郑成的同学从省城空降到这里来当县长了。认识郑成的人，激动得奔走相告。

郑成还是从别人那儿得到的消息，自己的大学同学黄四调来当县长了。

郑成的家，骤然热闹起来。

第一个跨进郑成家的，是鲁校长。鲁校长手里捧着茶杯，坐下，郑成递一根烟给鲁校长，鲁校长看了看，从自己口袋里掏出一包，今天抽我的，抽我的。说着，抽出一根，递给郑成。鲁校长笑眯眯地说，郑老师啊，听说你的大学同学来咱们县当县长了。郑成点点头，我也听说了。鲁校长说，听说你们的关系不错啊。郑成再次点点头，我们在一个寝室朝夕相处了四年，关系算是比较铁的。鲁校长也点点头，这就好啊，好啊。是这样的，鲁校长顿了顿，接着说，你也知道，咱们学校这几年的基础建设没跟上，和其他兄弟学校相比，是远远地落后了。你的同学来当县长了，你和他联络联络，帮学校多争取点经费。

刚送走了鲁校长，同事小胡拎着一袋水果，走进了郑成家，亲热地喊了声，郑大哥，你的同学来当县长了，我的事，就全靠你了。小胡说的事，郑成知道，他谈了个女朋友，在县城，谈了好几年，一直没结婚，对方只有一个要求——小胡调到县城。可县城就两所中学，谁都想调到县城，哪儿那么容易啊。郑成不知道怎么答复小胡，你看看，我自己这么多年都没挪过窝呢。小胡说，你不挪窝，那是你清高啊，你与世无争，你不肯求人。我跟你不一样，这事关系到我一辈子的幸福。所以，一定得拜托老哥帮帮忙。调个老师到县城，对县长来说，就是一句话的事情。

小胡前脚刚走，镇政府的王干事来了。王干事一屁股坐下来，郑老师啊，我在镇政府干了这么多年，还是个小干事。不是我瞎吹，让我当个镇长、书记，绰绰有余。至少，论资排辈，也该给我弄个副科级了吧。郑成听出他的意思了。王干事拍着郑成的肩膀，你的同学不会一辈子在这儿当县长的，所以，关系要赶紧用啊，我一辈子感激不尽。

王干事刚走出门，郑成的手机响了，是小姨父打来的电话。小姨父声音有点苍老，郑成啊，我都听说了，你的同学来当县长了，别的事姨父也不求你，就是你表弟考公务员的事，你一定要费点心，帮他一把。姨父这辈子没求过人，就求你这一回。

那段时间，郑成家的门槛都快被踏破了，电话都快被打爆了，全是求郑成找他刚上任的县长同学帮忙的。

思来想去，郑成决定，请县长同学吃个饭。同时，请鲁校长、小胡、王干事等人作陪，大家约定，郑成先提自己的事情，如果黄县长肯帮忙，再谈其他人的事情。

到底是老同学，黄县长欣然赴约。

气氛相当融洽。酒过三巡，郑成对黄县长说，你现在是我们的父母官了，老同学有点小困难，想请你帮帮忙。黄县长说，都是老同学，你尽管开口。郑成便将自己老婆受到的不公正待遇，一五一十地说了出来。

黄县长听完，平心静气地对郑成说，这个事情吧，我建议你可以先到社保部门去投诉，如果还得不到解决的话，可以向法院提起诉讼……

官腔！十足的官腔！郑成突然站了起来，我们是老同学，我才找你的，没想到，你也是拿官腔官调来糊弄我。什么老同学，我没有你这样的老同学！

众人面面相觑，不欢而散。

郑成的事，没有办成，同学县长一点面子也不给。其他人的事就更甭提了。不过，郑成的形象，倒是高大了起来，据说他当场拍案而起，一点不惧怕县长。而郑成的同学黄县长，虽然落了个不近人情的名声，但反过来也说明，这个新县长真的不徇私情，找关系，那是没用的。

从此，再也没有人来找郑成了，大家都知道他有个当县长的同学，但也都知道，他和那个当县长的同学关系不怎么样。

几年后，黄县长调离此地。

临走前，黄县长单独请郑成吃了一顿饭。

黄县长紧紧握住郑成的手，动情地说，当初我调来当县长，全县我只认识你一个人，只有你一个老同学，那些令人头疼的麻烦事，你全帮我挡了，谢谢你。只是很对不起你，嫂子那事，于情于理，是本该解决的。

郑成说，你不知道，那出戏后，其实我也轻松了很多啊。

两个老同学，相视而笑。

一窝狗崽

黄局长家的花花生了。这个消息,像长了腿似的,一眨眼的工夫,全局上下就都传开了。有人说,生了8只,也有人说生了10只。

当天晚上,黄局长家那叫一个热闹。

办公室刘主任第一个赶到,他带来了整整10罐进口奶粉。黄太太说,哪儿需要这么多奶粉啊?刘主任直晃脑袋,不多不多,这么多狗宝宝呢,可怜的花花,没有那么多奶水啊。

花花是黄局长家的狗,就是它,刚刚当了妈妈。

紧接着是吴科长,他送来了10只漂亮的狗笼子,下面都垫好了毛茸茸的垫子,是吴科长吩咐老婆特地从一家专卖店买来的。黄太太说,狗宝宝刚生下来,还不需要狗笼子吧?吴科长说,过几天就需要了,每个宝宝一个窝,免得它们争吵。

赵副主任送来了一大捆纯棉毛巾,还有两块厚厚的羊毛毯子,是专门给花花坐月子和它的宝宝们洗澡擦身用的。

李科长带来了一大锅炖好的牛肉,他老婆接到他的电话后,当即去菜市场买了10斤黄牛肉,回家慢慢炖,整整炖了一下午,牛肉炖得软嫩酥烂。李科长说了,要给英雄妈妈花花好好补补身子。

最后来的是办公室的办事员小郑,说是小郑,年纪一点不小了,在办公室已经待了8年,还是个小办事员。别人都来了,小郑思来想去,最终还是决定硬着头皮来黄局长家祝贺一下。小郑也不知道该带些什么,正好小姨子前段时间生小孩,老婆买了两袋尿不湿准备去看望妹妹的,就让小郑把尿不湿给带来了。

来看望花花的人,络绎不绝。花花的窝前,各种补品、用品,堆得像小山一样。花花只对李科长送来的牛肉感兴趣,吃饱了肚子后,舔舔它的小宝宝们,埋头睡觉。而它的小宝宝们,眼睛都还没有睁开。也许,它们是懒得睁开。

一晃,一个月过去了。

花花的狗宝宝们,满月了。

细心的刘主任注意到,这几天,黄局长一直愁眉不展。刘主任明白,黄局长这是为他们家的狗宝宝们犯愁呢。

刘主任对吴科长说,别忘了,黄局长家的狗满月了。吴科长对赵副主任说,哥,知道吗?黄局长家的狗满月了。赵副主任提醒李科长,黄局长家的花花满月了,明白吗?

小郑是无意间听到的。他都忘了这事了。

吃过晚饭,刘主任和他的朋友房地产公司的柴总一起,来到了黄局长家。柴总一进屋就嚷嚷,黄局长,听说你家的花花生了一窝纯种的狗宝宝,我早就想养一只这样的狗了。黄局长,我们是老朋友了,你得给我个优惠价,我知道这样的狗宝宝,在宠物市场一只要卖两三万,你无论如何得给我打个折,一万元,我抱一只走。

说着,柴总丢下一沓钱,从狗窝里随便抱起一只狗宝宝。刘主任拎过来一个狗笼子说,装笼子里,这个笼子,送你的。

过了一会儿,吴科长陪着娱乐城的刁总来了。刁总径直走到狗窝前。哎呀,不得了!刁总一脸惊喜地对黄局长说,你这个狗品相好啊,是我见过的最可爱的狗了,叫那个什么犬来着?其实,什么犬不重要,重要的是,我一直想养一只这样的狗啊。黄局长,你得割爱,卖给我一只。

刁总将一张银行卡放在黄局长的书桌上,抱起一只小狗,走了。黄太太追出门,喊道,装笼子里吧。

赵副主任和李科长是一起来的。赵副主任对黄局长说,局长啊,我小舅子开了家饭店,对,就是您上次亲自考察指导过的。他一直想养一只狗,跑了好多宠物店,死活没看上一条。昨天,我将你家狗宝宝的照片拿给他看,他喜欢得不得了,让我向您买一只。在您的关怀下,他这几年赚了不少,不差钱,但您知道,他就是个小气的人,非得让我跟您还个价。这是他让我带来的一万元,您就给他个面子,卖给他一只吧。

赵副主任抱走了一只小狗。

李科长也替他朋友的弟弟的小姨子抱了一只,照例,也是给了很大优惠的。

只剩下最后一只狗宝宝了。

黄太太心花怒放地将书桌上的现金和银行卡都收了起来。真没想到,这些人会那么喜欢他们家的狗宝宝。她爱怜地摸摸一脸茫然的花花,对黄局长说,你说,我们家的花花,会不会真的是一只纯种的名犬啊?

黄局长笑而不答,看了看窝在沙发里的咪咪说,狗啊猫啊,本无贵贱之分。咪咪是黄局长家养的一只猫,它的肚子,前几天也大起来了。

这时候,门铃响了,是办公室的办事员小郑。

小郑嗫嚅半晌,说,黄局长,我……听说了,您家那么多只小……小狗,您养不了吧?要不……要不我也帮……帮您养一只吧?

小郑把最后一只狗宝宝抱走了。他什么也没留下。

黄太太怔怔地看着小郑的背影。黄局长摇了摇头,这个小郑啊,难怪这么多年了,还是个办事员。

疑似领导

早晨刚上班,头儿就给我们布置了一个不可思议的任务:逛商场。

以为头儿在开玩笑,没想到他一本正经地对我们说,这是严肃的政治任务。上班时间逛商场,还是政治任务?我们更丈二和尚摸不着头脑了。头儿一脸严肃地说,最近我市的创建工作进入了关键阶段,据说,这几天上级领导正在对我市进行暗访。

创建工作,我们是知道的。前不久,刚刚每人发了一本手册,让我们背诵诸如文明市民"十准""十不准"之类的内容。可是,这与逛商场,有什么联系呢?

"真是些榆木脑袋。"头儿挨个儿看了我们一眼,忽然压低嗓门,问我们,今天是星期几?

星期二啊,离双休日还早着呢。

头儿说,工作日还在逛商场的,基本上是退休人员或社会闲散人员。说实话,他们的政治素养不高。如果暗访组恰好碰到他们,问的问题他们回答不上来,或者胡乱回答,你们想想,那我们这一次的创建工作,岂不又要泡汤了?为此,市里要求各机关单位抽调精干人员,分散到公园、街头、车站、商场等公共场所,伪装成普通市民,一旦遇到暗访组的人,就主动迎上去,不露声色地与之周旋,巧妙地将我们烂熟于心的"十准""十不准"背给他们听,并由衷地表达出对我市创建工作的拥护和支持。这样,就会给暗访组的人留下一个人人争创、个个争先的良好印象,暗访也就能顺利过关了。

就是让我们去冒充普通市民啊。这不难,其实我们本身就是普通市民,无非我们这些坐机关的,对文件、政策、会议精神什么的更熟悉一些罢了。现在,问题来了,我们怎么识别谁是暗访组的呢?

头儿无奈地拍拍自己的脑袋,没杀过猪,还没听过猪哼哼啊!你们平时不看电视吗?领导们都是什么派头,你们还不清楚?头儿清了清嗓门,大声说,守土有责。这次需要我们坚守的岗位,就是对面那家大型商场。如果暗访组的人恰好暗访到这家商场,而又没有得到满意的暗访结果的话,就是我们失职,相关人员都会受到处罚,所以,请大家一定要坚守岗位,不错过、不漏过、不放过任何一名疑似领导。

我们分头奔向那家商场。

商场刚开门,几乎没什么顾客,显得冷冷清清。一下子涌进来几十人,空荡荡的商场里骤然热闹了不少。营业员以为来了生意,热情地招呼我们。想起头儿的叮嘱,我们哪里还有心思逛商场,都将目光贼一样地盯在偶尔出现的顾客身上。在我前面,有一对老年夫妻,满头白发,看样子不像是暗访组的。突然,从商场外面走进来一个中年男人,腆着大肚皮,走路四平八稳,腋下夹着一个精致的小皮包,红光满面,目光游离……疑似领导?我的头皮一阵发麻,腿肚子发抖,喉咙发干,我正准备鼓足勇气迎上去,突然听见身后有人喊道:"贾总啊,今天怎么有空来逛商场?"扭头看见我们单位的小黄,正满脸堆笑地迎上去,和那位中年男人握手。我擦了擦额上的汗珠,小黄笑着说:"不用紧张,贾总是自己人。"

这样"逛"了一上午,除了虚惊几场外,没有碰到一个暗访组的领导。我和几个同事找了个角落,坐下来休息。突然,我的手机响了,是三叔打来的,让我赶紧到火车站去救他。我猛然想起,三叔说好今天从老家坐火车来,让我去车站接他,早上这么一折腾,竟然把这茬儿给忘了。但是,怎么成了"救"他?我以为听错了,忙问他此刻在什么位置。三叔压低嗓门,结结巴巴地说,在火车站的贵宾室,赶紧来救我!这一次听清楚了,三叔千真万确用的是"救"字。

我赶紧跟头儿请了假,直奔火车站。找到贵宾室,只见三叔坐在一个角落,身边围着几个人,有人热情地为他点烟,有人将削好的苹果递给他,有人不停地和他说着什么。看见我,三叔像看见救星一样，一边向我招手，一边大声说："这是我的侄子，在市政府机关工作。我是来看他的。我真没干别的事情，你们对我太热情了，让我不安啊。"

绑架？光天化日之下，竟敢绑架人质？我走过去，正要发怒，忽然看见那群人中，有一张熟悉的面孔。是我的高中同学，在某局工作。他看见我，指着三叔问道："他真是你三叔？"我点点头，不高兴地问他："你们为什么将我三叔围在这里？"同学尴尬地笑笑："我们刚才在火车站广场上看见他四处向人询问事情，好像在打探什么，以为他是暗访组的领导，于是就将他请进了贵宾室。也没别的目的，就是想向他汇报汇报工作。没想到，他真的是你三叔。"

听了同学的话，我也乐了，敢情他们也是被派来对付暗访组的。只是我这三叔，一直在乡下养鸭子，是村里的鸭司令，这几年发了点小财，可是，他怎么会像领导？这时，三叔站了起来，只见他腆着肚皮，腋下夹着个精致的小皮包，目光游离……别说，还真有点像是领导。三叔委屈地说："我只是在广场上找人问了问路，就被他们带到了这里。"

同学拍拍我的肩膀："不好意思，一场虚惊。"我俩正说着话，忽然有人跑了进来，对他耳语了几句，他大手一挥："赶紧全部到售票处，那里有情况！"

会叫的母鸡

"咯咯哒,咯咯哒!"大黄响亮的叫声,让老唐无比心烦。

大黄是老唐家养的一只母鸡,芳龄3岁,正值豆蔻年华。和大黄同一窝孵出的母鸡们,从去年夏天开始,就陆续下蛋了,而这个大黄,至今连个土坷垃都没下过。不下蛋也就罢了,偏偏这个大黄,还特别喜欢叫。只要鸡窝空着,它就会跳进去,装模作样地蹲一会儿,然后就开始扑棱扑棱翅膀,像一只刚下过蛋的母鸡那样,"咯咯哒,咯咯哒"地欢叫起来。老唐几次被大黄的叫声欺骗,以为大黄终于下蛋了,伸手往鸡窝里一摸,除了掏出一坨鸡屎外,啥也没有。把老唐气得半死!老唐拿起扫把,追着大黄就打。大黄一边逃,一边继续"咯咯哒,咯咯哒"地叫着,引得院子里其他不明真相的母鸡跟着仓皇奔逃,落下一地鸡毛。

更可气的是，大黄不但不下蛋，还学会了偷鸡摸狗的勾当。当别的母鸡下了蛋，大黄就会跳进鸡窝，凶狠地将刚刚下了蛋的母鸡啄走，然后自己一屁股蹲进去，将别的鸡下的蛋据为己有。大黄不会下蛋，身体却特别壮实，别的母鸡根本不是它的对手，只能乖乖地让出鸡窝和自己下的蛋，甚至连"咯咯哒，咯咯哒"地叫几声都不被允许，因为大黄最听不惯别的鸡"咯咯哒，咯咯哒"地叫。不就是会下个蛋嘛，有什么了不起，不准叫！

老唐几次想将大黄剁了，做下酒菜。老伴劝他，如今养一只正宗的草鸡不容易，就这么杀了太可惜了。再等等吧，也许哪一天，它忽然良心发现，就开始下蛋了呢。

老唐苦等了两年，除了每天"咯咯哒，咯咯哒"地叫个不停，大黄的屁股，还是一直毫无动静。老唐终于忍无可忍，决定宰了它。那天，老唐在城里当局长的弟弟正好回来，老唐四处追杀大黄。大黄一边"咯咯哒，咯咯哒"地叫，一边围着老唐的弟弟唐局长逃命。唐局长喊住了老唐，诧异地问哥哥，为什么要将一只下蛋的鸡杀了？多可惜啊！老唐愤怒地向弟弟历数了大黄的种种劣迹。

唐局长一听，来了劲儿，真有这回事？那可是一只神鸡啊！

还神呢？你这个当局长的真会说话！我白养了它3年，连一个蛋都没下过，神什么？老唐没好气地说，3年，它白吃了多少粮食？不下蛋也就算了，还天天厚着脸皮"咯咯哒，咯咯哒"地叫，跟作报告似的，我都快烦死了。今天，非宰了它不可！

唐局长笑吟吟地拦住老唐："杀不得。这只鸡是个'鸡'才，非常难得,是棵摇钱树,是个聚宝盆啊!"

老唐一脸疑惑地看着弟弟。唐局长说,哥,你弟媳正好在城里开了家农产品专卖店,这个大黄,你就送给我们吧。

唐局长抱着大黄,进了城。

唐太太的农产品专卖店,号称卖的都是绿色农家产品,其中以草鸡蛋为主。以前生意一直不太好,因为谁也不相信,如今还能买到正宗的草鸡蛋。

那天,唐局长将大黄带进了专卖店。大黄环视一周,嗯,这地方装修得挺豪华。兴奋的大黄很快发现了那只软绵绵的沙发,它跳上去,一屁股蹲了下来。真柔软啊,比乡下的鸡窝舒服多了。唐局长乘机在大黄的屁股下面塞了一枚鸡蛋。大黄感受到了圆滚滚的鸡蛋,激动得叫了起来:"咯咯哒,咯咯哒!"

大黄的叫声,很快吸引了不少人。唐局长从大黄的屁股下面掏出那枚鸡蛋,展示给大家看:"快看啊,这只母鸡真下蛋了呢!"人们惊讶地围拢过来,热烈地议论着。

第一次有这么多人围观自己,大黄激动不已:"咯咯哒,咯咯哒!"越叫越欢。

唐局长和唐太太指着货架上的鸡蛋说,我们家卖的鸡蛋,都是这只草鸡下的,是正宗的草鸡蛋,营养丰富,绿色环保。

大黄一听新主人在夸奖自己,得意地叫着:"咯咯哒,咯咯哒!"

大家缓过神来,纷纷掏出钱包,踊跃购买。货架上的鸡蛋很快销售一空。

看到这样热闹的场面，大黄叫得更欢了："咯咯哒，咯咯哒！"声音异常响亮。

唐局长和唐太太乘着夜色，去城里的养鸡场批发了几十箱鸡蛋。第二天又销售一空。人们奔走相告，很多人特地赶来，为的是看一看现场下蛋的大黄，听一听它响亮的叫声，然后心甘情愿地以高价买几斤"正宗"的草鸡蛋回去。

专卖店的生意异常火爆，大黄也是越叫越欢："咯咯哒，咯咯哒！"

当然，也有人质疑，一只母鸡，怎么可能在众目睽睽之下下蛋呢？唐局长和唐太太一脸不屑："不信？那你找一只不下蛋却能够'咯咯哒，咯咯哒'叫个不停的母鸡来看看！"

大黄上了报纸，上了电视，成了一只英雄鸡。人们甚至将大黄的叫声录了下来，作为市中心那座大钟报时的声音。每到整点的时候，就"咯咯哒，咯咯哒"地响了起来。

那天，唐局长抱着大黄，给它喂饲料。唐太太问唐局长："这个大黄，咋能一直叫得这么响亮呢？"唐局长指指饲料，我给它加了响声丸。唐太太忽然发现了新大陆似的，你还别说，你和咱们家大黄还真有几分像呢。

唐局长问她什么意思，唐太太笑着说，都特别会叫呗。你不就是因为能说会道，才谋到了这个局长的宝座吗？唐局长哈哈大笑，你别小看耍嘴皮子，这也是本事啊！他怀里的大黄，闻声也激动得抖抖羽毛，"咯咯哒，咯咯哒"地叫个不停。

爷孙决

"爷爷,我陪你玩吧。"

6岁的俊俊仰着头,对爷爷说。爷爷从客厅到阳台,又从阳台到卧室,来来回回踱了几十趟,连安安静静地坐在电视机前看动画片的俊俊,都看出了爷爷的焦躁不安。

爷爷在俊俊面前停了下来,努力挤出一缕慈祥的笑容,问俊俊:"我们玩什么?"

俊俊歪着小脑袋想了想:"我们比赛算术,好不好?"

爷爷点了点头。俊俊拿出一本画册,大声念了起来:"小明和妈妈一起去超市买东西,小明买了一包薯片,3元钱,又买了一包糖果,5元钱;妈妈买了一瓶醋,6元钱,又买了一管牙膏,12元钱。付账时,小明的妈妈拿出一张50元的钞票,售货员应该找给他们多少钱?"

念完了,俊俊对爷爷说:"预备,开始!"说完,埋头算了起来。

爷爷瞪着题目,神思有点恍惚。已经有很多年,他没有自己买过东西了。他根本不需要自己买东西,有时老伴会为他买,更多的时候,是他看中了,别人抢着帮他付钱,根本不需要他算账,更不需要他亲自付款。因此,别说自己买东西,就连钱包,他都很多年没有用过了。他的身上,从来不带现金,也不带银行卡,不是有人付款,就是自己在账单上签个字,简单之极。孙子的这道算术题并不复杂,与他每日过手的几百万、几千万比起来,简直可以忽略不计,可是,这么小的数字,怎么就有点绕,一时半会儿反应不过来呢?

就在他胡思乱想的时候,俊俊一口报出了答案:"24元,售货员应该找给他们24元!"

俊俊赢了。爷爷讪讪地笑笑,摸摸俊俊的头:"你真聪明。"

俊俊得意地看着爷爷:"那我们再玩一个游戏,好吗?"

爷爷点点头:"好啊,这回玩什么呢?"

俊俊从玩具箱里拿出一个精致的小轿车模型,跑到客厅的尽头,摆在地上,又跑回爷爷身边,对爷爷说:"我们看谁先跑到汽车跟前,谁先打开车门,坐上车,好不好?"

这个不难,他点点头。偶尔,他会在下班的路上,让司机开车绕到孙子所在的幼儿园,亲自接孙子回家。每次,俊俊都兴奋地跑到他的轿车旁,兴奋地爬上车。这让他很是欣慰。

俊俊和爷爷并排站在客厅的一角,俊俊一声令下,爷孙俩同时向客厅另一角的汽车模型跑去。

俊俊跑得很快,可是,忽然脚下一滑,摔了一跤。爷爷先跑到了小汽车模型旁边。俊俊紧跟着跑了过来,拉开车门,佯装坐了进去。"我又赢了!"俊俊激动得高喊起来。

"不对,这回是爷爷赢了,爷爷先跑到小汽车跟前的。"他纠正道。

俊俊仰起小脸,对他说:"是您先跑到小汽车旁边的,可是,您没有打开车门,也没有坐进去啊。"

对啊,孙子说了,要率先跑到小汽车旁边,坐上车,才算赢。而自己只是站在了车门边,没有拉开车门,也没有佯装坐上车。他苦笑了一下。这些年,上下车时,都有人毕恭毕敬地为他打开车门,一只手小心翼翼地搭在车顶上。他已经习惯了被人小心伺候着,所以,刚才虽然跑到了小汽车模型的旁边,却完全忘记了应该打开车门,佯装坐上车。他蹲下身,一只手犹疑着伸向汽车模型的车门,他不知道,自己还能不能亲自拉开车门。"咔嗒"一声,汽车模型的门竟然打开了。他喜出望外,看来自己拉开车门,也不是很难嘛。

两次都是俊俊赢了,小家伙既感到得意,又觉得有点索然无味。他对爷爷说:"我们比赛写字吧,看谁写得又快又好。"

孙子还在上幼儿园,就已经认得很多字了,这让他十分骄傲。

俊俊拿来纸和笔,给了他一份。"爷爷,老师昨天刚教了我们两个生字:同志。我们就比赛写这两个字好不好?"

一老一少，面对面坐在茶几旁。俊俊喊了一声"开始"，就埋下头一笔一画地写了起来。

他也在纸上"唰唰"写下两个大字，此时，俊俊刚写好半个字。

这一回，俊俊输了。俊俊一脸敬佩地拿过爷爷写的字，忽然惊叫起来："爷爷，您写错了。您看看，您写的不是'同志'。"

他探过身去一看，果然不是"同志"，而是龙飞凤舞的"同意"两个大字。

他重重地叹了口气。

从领导岗位退下来的第一天，就这样艰难地熬过去了。

假 货

早晨刚上班，办公室就炸开了锅，昨夜单位遭贼了，很多办公室被撬。大家忙着清点被盗的物品：小张丢了一部照相机，老李被盗了几盒烟，大刘的几百元私房钱不见了。大家相互通报失窃的钱物，有人心痛地说，隔壁办公室的黄大姐这次损失最为惨重：一只LV包，一部新买的苹果手机，一件意大利产的裘皮大衣，一串南非白金项链……乖乖，都是价格不菲的名牌产品，粗略估算，至少值好几万元！

大家唏嘘不已。正为照相机被盗而伤心的小张，听了众人的议论，忽然"扑哧"一声乐了："什么啊，黄大姐的损失还没我多呢。"大家诧异地看着小张，有人摸摸小张的额头，不无同情地说："没发烧吧？你的照相机虽然值两三千元，可是与人家黄大姐的损失比起来，简直是九牛一毛。她那些被盗的物品，你花一年的工资也买不来。"

小张撇撇嘴："我实话告诉你们吧，她那些名牌产品，全是假货。"假货，怎么可能？小张打开电脑，找到一家网店，对大家说："她的那些东西，都是托我帮她从网上买的假货，你们看看购物记录，这只LV包，118元；这部苹果手机，128元；这件号称意大利产的裘皮大衣，138元；那串南非白金项链，98元。你们算算吧，这些东西全部加起来，还不到500元，还没大刘被偷的私房钱多呢。"小张一边说着，一边打开多个网页，"不单她自己被偷的这些名牌产品都是假货，她还给她爱人买过很多假冒的名牌呢。这只金光闪闪的劳力士手表，只花了68元；这件经典款式的Brioni风衣，只值78元；这只儒雅的马克雅克布公文包，只需88元；这双气派的老人头皮鞋，只用了98元……一句话，她和她爱人穿的、戴的、用的那些奢侈品，其实都是不值钱的水货、假货。"

众人连连摇头，真没想到，一向珠光宝气的黄大姐，原来用的都是些破烂玩意儿。有人说，难怪丢了那么多东西，黄大姐似乎并不怎么心痛，敢情都是假货呀。大家对黄大姐的同情，转眼之间被一丝淡淡的鄙夷所代替，黄大姐的形象一落千丈。恰好黄大姐从门外经过，众人都不屑地撇了撇嘴。

几天之后，喜讯传来，盗窃办公室的小偷在奢侈品专卖店销赃时，被便衣警察抓获。让众人再次大跌眼镜的是，小偷拿去卖的，竟然都是黄大姐失窃的物品。据说，小偷和专卖店老板已经谈妥了价格，那只LV包，8000元；那部苹果手机，5000元；那件裘皮大衣，40000元；那串项链，60000元。

这……这……这怎么可能？所有的人都目瞪口呆，那些从网上淘来的假冒伪劣产品，也能卖出这么高的价钱？是专卖店老板看走眼了，还是他的脑子进水了？办案的警察说，专卖店的老板可一点不糊涂，他们已将黄大姐失窃的物品，送到权威机构检测过了，全都是正宗的名牌产品，实际价值远远高于他给出的价钱。

办公室再一次炸开了锅，比那次失窃，来得还要猛烈。太不可思议了，太戏剧化了，太让人摸不着头脑了。小张更是惊得半个多小时都没有合上她的嘴巴。巨额财产失而复得，人们正为黄大姐庆幸呢，可是，有人留意到，黄大姐的脸色反而比失窃那天还要难看，一阵红，一阵白，像遭受了什么巨大打击似的。这，更让人如入云雾。

又过了几天，黄大姐忽然失踪了，连续几天都没来上班。据消息灵通人士说，黄大姐和他的爱人都被请进去了，黄大姐在某机关重要部门担任处长的爱人，因为巨额财产来源不明，被双规了。检察机关就是根据发生在办公室的这桩失窃案，顺藤摸瓜，揪出了这条大鱼。

消息灵通人士还说，每次黄大姐收到别人赠送的奢侈品，都会立即托同事小张，帮她在网上购买一件一模一样的假货，这样，她就可以堂而皇之地使用这些奢侈品了。原来是这样啊，原来这一切都是为了掩人耳目。众人恍然大悟。可是，还有一个问题，黄大姐从网上购买的那些假货，又到哪儿去了呢？有人说，难怪她家的保姆拎的是LV的皮包，穿的是裘皮大衣……

这一次，小张的嘴巴，整整一天都没有合上。

镶嵌在墙上的黑板

这是一片神秘的土地,拐过一道道弯,隐藏在大山深处的一个小村庄,兀然出现在我们面前。地图上根本没有标注,就连为我们带路的向导,都不知道有这么一个小村庄。我们满怀惊喜地走了进去。

小小的村落,零零散散地分布着几十户人家,过着世外桃源般的生活。与近乎原始的自然环境相比,更让我们惊讶的,是当地的村民。据说,除了偶尔有县政府、乡政府的工作人员以及村民的亲戚来过之外,这些年,几乎没有什么外人,走进过这个村庄。村民们看见我们这些误闯进来的人,就像看见外星人一样。在村民们好奇的目光中,同样好奇的我们,绕着村庄边走边看。家家户户的门都是敞开的。在其他地方,已经看不到这种日不闭户的场景了。

最后,我们来到小村唯一的一家代销店,我们想在这里补充点物资。小店里只有最基本的生活用品:盐、酱油、一两种劣质烟、坛装的老白干……都是村民们日常需要的东西,而我们需要补充的矿泉水和方便面,竟然没有。店主解释说,矿泉水,村民根本不需要。方便面呢,那么贵的东西,村里没几个人吃得起。

我们买了几个当地产的大饼,店主热情地为我们灌满了开水,这样,我们后面的行程就有保障了。因为要出山进货,店主算得上是这个小村里见过世面的人。我们和店主聊起来。小店门口镶嵌在墙上的一块黑板,引起了我的兴趣。上面用粉笔歪歪扭扭地写着一些人名和数字,如大黄,酒,4.6;二贵妈,酱油,2;黑头,盐、烟,13.45……我问店主,黑板上写的是什么?店主笑着说,是大家伙赊的账,等有钱的时候,就来结一下。原来是账单。正说着话,一个中年男人来买烟,店主递给他一包烟,中年男人接过烟,顺手在墙上抠下一小块石灰,将黑板上的一个数字擦去,重新写了个数字,然后,拍拍手,和店主打声招呼,走了。我们惊得目瞪口呆,就这么随便擦擦写写啊?店主看出我们心里在想什么,笑着说,乡里乡亲的,谁还会赖我这几个钱!

有人上前用手轻轻擦黑板上的字,一擦就没了,而且,这块黑板是镶嵌在墙上的,即使晚上,也只能"挂"在外面,如果谁晚上偷偷跑来将名字擦掉,或者涂改数字,简直是轻而易举的事。店主说,这样的事还真发生过。有一次,一个村民来买东西,忽然发现自己名字下面的数字没了,可能是被哪个调皮的孩子擦掉了。村民赶紧找了块石灰,将数字重新写在了黑板上。他们在我这里赊了东西,记得可清楚呢。我这块黑板,也就是个形式,真正的账本都在大家心里呢。

店主的话,让我们羞愧不已。多么淳朴的村民啊!我们感慨道,店主这块黑板,可以作为教育现代人的一个典型教材,我们现在最缺乏的,就是人与人之间的信任了。

回城之后,我们将所见所闻讲给身边的人听,闻者无不动容。一批批人沿着我们的足迹,走进了深山,去寻访宁静的村庄,而大家最感兴趣的,就是那块镶嵌在墙上的黑板……

一年之后,我们再次踏上那片神秘的土地。进山的道路已经拓宽,我们轻松地找到了那个村庄。未进小村,已被车水马龙的热闹气息感染,一打听才知道,短短一年时间,小村已经被开发成一个旅游景点了。

我们顺利地找到了那家小店,小店的周围,又开了好几家卖纪念品和土特产的商店。让我们颇感欣慰的是,镶嵌在墙上的那块黑板还在,上面的账单还在。很多游客在黑板前拍照留念。我悄悄地摸了摸黑板上的字,擦不掉,原来是用白色的油漆写的。店主认出了我们,一边忙着招揽生意,一边告诉我们,小店的生意火了,经常有人赖账,所以已经不赊账了。再说,村民们有钱了,不需要赊账了。我问,那还留着这块黑板干什么?店主呵呵一笑,招牌啊,很多人就是冲着它来的,这还得谢谢你们的大力宣传呢!

我无言以对。墙上的黑板,黑板上用白漆写着的人名和数字,冷眼看着眼前的喧嚣。

第二辑 月光的声音

那个小男孩忽然站起身,怯怯地对女孩说:"姐姐,你的声音真好听,像月光一样。"

这是女孩听到的最纯净、最真挚的赞美。她给30位盲人讲解了一部电影,她第一次听到了月光的声音,那是一颗善良而敏感的心,才能听见的天籁之音。

月光的声音

这是一场特殊的电影,一个志愿者组织的一次尝试,观众是30位盲人。

在他们面前,是一面不大的幕布,幕布前面摆放了一排鲜花,站着一位手拿话筒的漂亮姑娘,她是这场电影的讲解员。这一切观众都看不见,但是他们嗅到了淡淡的花香,听到了姑娘轻轻的脚步声。

电影开场了。音乐响起,女孩大声讲解道:"片名出来了,叫《暖春》。画面上出现了一个村庄,在山里面,正是早春时节,山上一片碧绿……"

"姐姐,绿色是什么样子的?"一个男孩问道。

女孩迟疑了一下。接到讲解任务后,女孩将这部电影反反复复看了十几遍,一遍遍地进行讲解练习。她知道因为盲人什么也看不见,可能会提出很多问题,但没想到,第一个问题就将她难住了。想了想,她告诉男孩,绿色是小草的颜色,湖水的颜色,生命的颜色。男孩似懂非懂地点点头。

剧情慢慢展开,每切换一个镜头,女孩就将画面描绘出来。

"小花(电影里的主人公)和爷爷坐在草地上,身旁是黄色的花朵。爷爷摘了好多花,编成一个花环,戴在小花的头上……"

"小花高兴吗?""戴着花环的小花很漂亮吧?""草地很大吧,好看吗?"盲人们叽叽喳喳地问。镜头其实一晃而过,幸亏女孩看了很多遍,在她的脑海里,这片开满黄色花朵的草地早已定格,她努力将自己脑海里的草地用语言描绘出来。

"现在是晚上……"女孩说。

"很黑吗?是不是什么也看不见?"有个老奶奶不放心地问道。

女孩告诉她,有皎洁的月光。

"姐姐,月光是什么样子的?"又是那个男孩。女孩笑着告诉他,月光是银白色的,洒在地上,像水银一样。女孩真怕他会问水银是什么样子的,没想到小男孩忽然高兴地说:"我听到水银洒在地上的声音了,很清脆的,真好听。"女孩笑笑,她也听见了月光的声音。

电影里,爷爷收留了无家可归的小花,爷爷的儿媳香草心怀不满,常常趁爷爷不在家,欺负小花。"现在,小花从鸡笼里摸出两枚鸡蛋,小花小心翼翼地将鸡蛋对着天空静静地看,阳光明晃晃的,将鸡蛋镀成金黄色。突然,屏幕上出现了香草凶神恶煞的脸,她恶狠狠地从小花手里抢夺鸡蛋,鸡蛋碎了。香草将小花的风车扔在地上,一只脚狠狠地踩上去,将其碾碎……"

女孩讲到这里,影院里突然爆发出愤怒的讨伐声:"这个女人怎么这么凶狠啊!""太坏了!""小花太可怜了!""爷爷怎么还不回来啊!"

屏幕上传来小花凄惨的哭声和讨饶声……

所有的观众都在抹眼泪。眼泪从他们干枯的眼窝里不断涌出,几位老奶奶抑制不住,大声地啜泣起来。女孩也忍不住泪流满面,她没想到,盲人的情感世界如此丰富、细腻、善良、美丽。

"多年以后,小花考上了大学,大学毕业后回到家乡,成为一名美丽的乡村教师。小花领着一群可爱的孩子,在雪地上放风筝,他们一起笑着,奔跑着……"听到这里,盲人们的脸上露出了灿烂的笑容。

电影结束了。没有一个人站起来,大家都还沉浸在曲折的故事情节里。

那个小男孩忽然站起身,怯怯地对女孩说:"姐姐,你的声音真好听,像月光一样。"

这是女孩听到的最纯净、最真挚的赞美。她给30位盲人讲解了一部电影,她第一次听到了月光的声音,那是一颗善良而敏感的心,才能听见的天籁之音。

声音是看世界的另一只眼睛

一位通讯员拿着厚厚一叠照片,来报社投稿。我接待了他。

一张张翻下去,很遗憾,大部分照片质量较差,很多照片模糊不清,有的是拍照时手抖动了;有的是失去了焦点,虚了;有的根本就没有取景,画面杂乱无章,似乎是随手拍摄的。

他是我们报社的老通讯员了,拍照的水平挺高的,怎么这次拍的照片质量这么差?他看出了我的疑惑,解释说,这些照片不是他拍的,而是盲校的孩子们拍的。他告诉我,为了让盲童们感知大千世界,学校特地组织了十几个孩子,拿着数码照相机,走上街头,凭借听力捕捉精彩瞬间,于是就有了这组照片。

凭借听力拍照?这可是第一次听说。我再次端详起手中的照片。

这是一张背景纷乱的照片，人头攒动，摩肩接踵，是大街上我们经常见到的场景。他指着照片说，这是学生小丽拍的。当时，她拿着照相机站在热闹的街头，到处是嘈杂的人声，她紧张得不知所措。忽然，她听见人群中有个孩子在大声地喊奶奶，紧接着，她听见祖孙俩快乐的笑声。她将照相机镜头对准笑声传来的方向，摁下了快门。小丽为这张照片取名为《祖孙情》。听着他的解说，再看照片，乱糟糟的画面突然鲜活起来，我从那些晃动在街头的脸谱中，找到了隐约可见的两张笑脸。因为没有刻意取景，这两张笑脸一点也不突出，被淹没在了众多漠然的表情中。但那确实是两张笑脸，如果你仔细听的话，仿佛还能听见她们的笑声。

他翻出另一张照片，这是一个叫海涛的学生拍的。照片的主体是灰色的地面和众多快速移动的双腿。他告诉我，与别的盲童不同，海涛不是先天性失明，而是5岁那年，因为一场意外的事故，突遭厄运。在他的脑海中，还留存着关于这个世界的记忆。为了治好他的眼睛，他的父母几乎倾家荡产。站在街头，海涛将手中的镜头对准了路面和那些匆匆来去的脚步。我们已经习惯了跟随奔流不息的人群，从一个地方，奔向另一个地方。在这个喧哗的时代，谁还会在意你忙碌的脚步呢？谁又会停下来听听自己的足音？盲童海涛却听见了。有意思的是，他将作品取名为《慢》，他是希望我们的脚步，能从容一些吧。

通过通讯员的解说，那些拍得毫无章法的照片，忽然变得有了特殊的意味。这些镜头，都是盲童们用他们的耳朵捕捉到的，我们在用眼睛看的时候，如果也能竖起耳朵听一听，感觉就会迥然不同。

有一张照片，拍的是一堆杂乱的树枝，树叶已经落得差不多了，树干光秃秃的，画面看起来丝毫也不具有美感。可是，当我竖起耳朵的时候，我听见了树枝上一只燕雀的歌唱。我已经多久没有听见城市上空小鸟的鸣叫和它振翅的声音？

有一张照片，拍的是一个墙脚，一只小狗跟在另一只小狗身后，前面的小狗，头和半个身子已经跑出了画面。看着这幅照片，我不禁哑然失笑。从后面那只小狗屁颠屁颠的样子猜测，也许它在急得哇哇直叫吧。

还有一张照片，看上去模模糊糊，分辨不出拍的是什么，估计是哪个孩子摁错了快门吧。通讯员却解释说，这是学生小勇拍的天空。天空？那么，他听见了什么？是小鸟的轻啼，还是飞机的轰鸣？是风筝的哨声，还是北风的呼啸？

我一张张翻看着，我被孩子们追踪声音拍出来的照片深深吸引住了。这些孩子，他们看不见这个多姿多彩的世界，但是，他们用纯净的心听懂了这个世界，听见了它发出的每一个细微的声音。

声音，那是他们看世界的另一只眼睛。

转角遇到爱

黄昏，居民楼下陆陆续续聚集了不少老人，一边摇着扇子纳凉，一边说着话唠着嗑儿，十分热闹。

老人们都是这里的住户。这个小区开发于20世纪70年代，楼房只有六层高，一二层住着的基本都是老人。有的老人原来住的楼层高，和下面低层的年轻住户一商量，调换了房子。住在低层，出行方便。可是，一二层的房子终归数量有限，住户中老人又多，不少住户是三代同堂，住在上面的老人，上下楼就很不方便。以前，经常看到住在楼上的老人，下楼时手里拎个小椅子，累了便坐下来歇歇。尤其是上楼的时候，爬一层，放下小椅子歇一会儿，喘口气，攒足了劲儿，再爬一层。有的住在楼上的老人嫌费事，干脆不下楼了，像住进牢房似的。

不知道从哪天开始，三楼的转角处，出现了一把椅子。起初人们以为是谁落在楼道里，忘记拿回家了，但是很多天过去了，椅子一直在，显然是有人特意放在那儿的。上下楼的老人，爬楼梯爬得累了，走到三楼转角处，正好在椅子上坐一坐，歇歇脚。三楼转角处的椅子，成了楼上老人歇脚的驿站。下楼的老人，慢慢多起来了。

不久，五楼、四楼、二楼的转角处，也都分别放了一把椅子。有的是木椅，有的是竹椅，二楼放的竟然是一个小型的旧沙发。谁放的？没有人知道。也许是哪位住在楼上的老人，也可能是某个家有老人的年轻后生。有什么关系呢？拐角处的这几把旧椅子，给上下楼的老人带来了很大的方便。连住在六楼的老人，现在也肯下楼来了。楼下有一小片开阔地，那是老人们聚集的地方。

于是，经常见到这样的场景：某个老人累了，准备回家休息去了。爬到二楼，在椅子上小坐一会儿，顺便从楼梯口探出脑袋，向下面的老伙伴们挥挥手。上到三楼，或者四楼，或者五楼，再停下来，坐一坐，再探出脑袋，挥挥手，这回是真正的告别——老人安全地到家了。楼下的老人们，也挥挥手，继续着他们开心的话题。

孩子们也很喜欢这些椅子，但他们不是坐，而是爬上椅子，将半个身体趴在楼梯口，朝下面喊叫，这让坐在楼下的老人们惊出一身冷汗，呼唤孩子赶紧下来。有的孩子调皮不听话，就有一位老人气喘吁吁地爬上楼，将孩子拽下来。下次碰到孩子的父母，不忘叮嘱一声。都是住在一幢楼里的老邻居，彼此熟悉得跟家人一样。

楼梯转角处的椅子，成了这幢老居民楼里的一道风景。

可是，问题也来了。老楼房，楼道本来就狭窄，又放了几把椅子,上下楼就有点碍手碍脚,特别是搬动大一点的家具物什的时候。某天,一位住在四楼的中年男人想出了一个办法,不知道他从哪儿弄来了一把可以折叠的椅子,然后在拐角处的墙壁上钻了几个孔,将折叠椅安装了上去。需要坐的时候,将椅子放平,贴墙而坐,不需要的时候,就将椅子靠墙折叠起来,一点不碍事。

折叠椅受到老人们更热烈的欢迎。一把折叠椅,成本价一两百元,老人们商议自己凑钱,在每个楼层拐角处都安装一把。一位做小生意的居民,自告奋勇地拿出一笔经费,购置了四把同样的折叠椅,住在一楼的一位老人的女婿是一家装修公司的工人,利用周末的时间,将几把折叠椅都安装好了。

老人们开心极了,上下楼再也不那么艰难了。除了可以每天下楼和老伙伴们见见面、聊聊天以外,最让他们开心的是,他们甚至可以邀请老朋友、老同事、老伙伴到自己家里来做客了。他们已经很久没有互相串门了。现在,他们在发出邀请的时候,不忘叮嘱老伙伴一声,每层楼的楼梯口都有一把折叠椅,可以坐下来喘口气,不着急啊。

这是发生在我生活的这座城市的故事,这幢老式居民楼拐角处的椅子,成为一道靓丽的风景,让附近居民楼里的老人们羡慕不已。不过,别急啊,据说,政府已经拨出专款,要将这一做法在所有老居民楼里推广。

转角处的一把椅子,让我们感受到了全社会对老人的尊重和关爱。生活很精彩,转角遇到爱。

最美的对视

她久久地凝视着,凝视着。

站在她面前的,是一个16岁的少年。与所有这个年龄的男孩子一样,他有着明亮、清澈、纯净的眼睛。他也深情地凝视着她,然后,向她深深地鞠了一躬。

几个月前,他的眼前还是一片漆黑。4岁那年,因为一场大病,他失明了。从此,他的世界就漆黑一团。直到3个月前,他获得了一位刚刚去世的老人无偿捐助的一只眼角膜,才得以重见光明。

那位老人,就是她的母亲。

她的母亲,被社区追评为"最美的人"。她代表已经去世的母亲上台领奖。让她没有想到的是,为母亲颁奖的,正是接受捐助的男孩。

早在6年前,年已八旬的老母亲,就向子女表达了最后的心愿,在百年之后,将自己的眼角膜无偿捐献给需要的人。一双儿女都表示赞成,并和老母亲同时做了捐献登记,一家三口身后捐献眼角膜登记表的编号连在了一起,分别是351、352、353。这组温暖的数字,就像小时候妈妈牵着她和弟弟的小手一样,齐步向前走着,充满温情,坚定有力。

随着年龄的增长,老母亲的身体每况愈下,尤其是她的眼睛,因为老年性白内障而使视力严重下降,看东西都是模模糊糊的。她试图说服母亲去做白内障手术,老母亲却死活不肯答应。老人说,自己身上的器官都老化了,没啥用了,只有眼角膜还行,将来还能够捐给别人,万一做了手术,损坏了眼角膜,那可怎么办?而且,自己也活不了几年了,看得清楚看不清楚也没什么关系,但保住眼角膜,就可以让别人重见光明。老人固执己见。最后,还是眼科医生说,做白内障手术对眼角膜不会有任何损伤,老母亲这才打消了顾虑。

老母亲又生病住院了,这一次,病情凶险。自知时日无多,老母亲心里惦记着的,仍然是捐献眼角膜的事,这可是她此生最后的愿望。担心自己临终时,可能无法再清晰地表达捐献的意愿;也害怕自己一旦撒手走了,子女们沉浸在悲痛之中忘记这件重要的事情,老人将那张"自愿捐献眼角膜登记卡"放在了自己的病历本中,好让子女和医生,在最后时刻,也不忘她的心愿。

一个静谧的凌晨,老母亲安详地走完了一生,溘然长逝。

她强忍悲痛,第一时间通知了有关部门。眼科医生小心翼翼地取走了老人的眼角膜,那"0.5克的挚爱"。

老母亲的眼角膜很快就移植给了受捐人,为他带去了光明。

在母亲节那天,她发了一条微信:"我知道,有些人正用您的眼睛看着这个缤纷的世界。说不定哪天,我们的目光会在茫茫人海中相遇。我知道,您的爱,一直都在。"这是老母亲离开之后的第一个母亲节,她再也不能像从前那样喊一声"妈妈"了,但她知道,母亲仍在注视着这个世界。

她没有想到,会在这样一个场合,再一次看到母亲的眼睛。她凝视着,凝视着,热泪盈眶。

男孩也惊喜而羞怯地凝视着她。

两个人的目光,交织在一起。那是思念的目光,那是爱的交汇,那是人世间最深情的对视。

多说一句话

从医学院一毕业,他就进了父亲的诊所,和父亲一样,成了一名乡村医生。

父亲的诊所,在方圆十里八乡很有名,每天就诊的人,排成长队。很多病人宁愿在此排队等候,也不愿意到几步之遥的卫生院去。医药费便宜,是这个诊所最大的特色。在市医院看一次腹泻得百八十元;在这儿看,十几元就药到病除。从他进诊所的第一天开始,父亲就谆谆告诫他,诊所是为乡邻们开的,不以营利为目的,在任何情况下都不能开大处方。他将父亲的话牢记在心。

他进诊所,被看作是来接父亲的班的。父亲老了,一天看几十个病号,已经吃不消了。父亲当年被打成右派,从城里的大医院下放到这里,在最困难的时候,得到了淳朴的乡亲们的照顾和庇护，后来父亲平反后，坚决地放弃了回城的机会，在乡村扎了根。对那段艰苦的生活，他也有依稀的记忆。正是出于同样的感恩之心，毕业后，他没有像其他同学那样选择进大医院，而是回到乡村，成了父亲得力的助手。

诊所只看一些普通的病症，诸如感冒、腹泻、炎症之类。如果病情复杂，他们会立即建议病人去大医院诊治，以免延误。对他来说，看个头疼脑热的，可谓小菜一碟。读大学时，他就成绩优异，加上每年寒暑假都在父亲的诊所里实习，可以说，他的医术并不比父亲差。他看过的病人，确实也都很快痊愈了。然而奇怪的是，来看病的人，大多仍然会选择让父亲看。有时候，看到对面父亲的诊室前排着长长的队，而自己门前病人稀稀落落，他会涌起一股莫名的失落感。

老父亲似乎也注意到了这个现象，他查看了儿子的门诊记录，没开过大处方，用药也很科学；儿子看病时的态度，问诊周到，热情友善，也没毛病啊。不过，在连续留意几天后，老父亲还是发现了问题，老人决定让儿子陪自己看几天门诊。

他坐在父亲身边，近距离地观察父亲如何给病人诊治。只见父亲对待每一个病人，都详细地问诊、把脉、察看舌苔、摸腹，然后再给病人开处方。他特别留意了一下父亲所用的药，与他的判断几乎一致，根据病人的病情，这样用药最为合理。父子俩对病人的处置，似乎没有什么差别啊。

老父亲也不着急，仍和平时一样，一个接一个地给病人看病。一个姑娘，陪着一位老人前来看病，老人肠胃不舒服。老父亲仔细检查后，确诊是消化不良。开好药，老父亲对老人说，老哥，我刚刚检查了你的咽喉，你还有慢性咽炎啊。老人连连点头，是啊是啊，难怪经常感到喉咙不舒服，你给开点药吧。老父亲摇摇头，慢性咽炎重在保养，你一定抽烟吧？听我一句话，把烟戒了。不戒烟，吃什么药，你的咽炎也好不了，会反复发作的。默默地站在一边的姑娘忽然激动地插嘴说，爷爷，你听见了吧，医生都让你戒烟。平常我们劝你戒烟，你就是不听。老人看看姑娘，又看看医生，憨憨地说，是得戒了，戒了。姑娘搀扶着老人站起来，笑着说道，医生，谢谢你，你的话他听。

看到这一幕，他的心猛地一震。自己每次看病，都是开完了处方，就急着看下一个病人，根本没时间再和病人交流，而老父亲似乎总会比自己多说那么一两句话。这一发现让他惊喜不已，他继续坐在父亲身边，观摩父亲看病。下一个病人牙痛，老父亲检查后，确定是牙周炎。老父亲开好药，问病人，是不是喜欢吃腌制品？病人直点头，最喜欢吃腊肉和咸菜了。每年冬天，家里都会腌制很多食品，一直要吃到夏天呢。语气里透着满足和自豪。老父亲摇着头说，腌制品开胃，但吃多了有害健康，还是少吃点吧。病人捂着腮帮子，点点头，电视上也这么说呢，听你的，今年就少腌点。

几天的陪诊结束了，儿子回到自己的诊室。一个年轻妈妈领着孩子走了进来。孩子肚子疼。化验单显示，孩子肚子内有蛔虫。他很快就开好了处方，递给孩子的妈妈。然后，他拉住小孩的手，看了看他的指甲，笑着对小孩说，你看看，你的指甲太长了,里面藏着好多细菌呢,一不留神就跑进你的肚子里了,记得要勤洗手,常让妈妈剪指甲。男孩腼腆地低下了头。妈妈弯腰对孩子说,听到了吧,医生叔叔的话,是不是跟妈妈讲的一样?男孩看看他,又看看妈妈,点了点头。

他微笑着目送年轻妈妈拉着孩子的手离开,他的心里暖暖的。又一个病人走了进来。

瞄　准

　　他弓着腰，低着头，蹑手蹑脚，向芦苇深处走去。

　　风从江边吹来，干枯的芦苇沙沙作响。虽然已是隆冬，但是阳光还是将大地照得暖暖的。气候变暖了，连南迁的候鸟，不知道从哪年开始，飞到这儿就停下了脚步，不再往南飞了。以前，这里只是它们迁徙途中的一处驿站。现在，这片湿地，成了众多从北方飞来的鸟儿的越冬地。

　　除了轻微的风声，空气中四处都是翅膀的振动声。他熟悉这些声音，清脆、干净、温暖，像丝绸从指间划过。他是这一带有名的猎手，空中的鸟儿，即使飞得再高，也难逃他锐利的眼睛和百发百中的猎枪。子弹呼啸而过，天空中旋即有一只黑影，孤独地应声而落，无一例外。

他找到一块稍高一点的干地，蹲伏下来。

不远处就是江涂，鸟儿们此刻都在那儿戏水，觅食，打盹，或者梳理羽毛。午后的阳光，将江涂之上的鸟儿们晒得有些慵懒。

他的目光，在鸟群里逡巡。

最多的是野鸭，好看的绿头鸭，调皮的翘鼻麻鸭，贪吃的斑嘴鸭，还有叫声响亮的瑟嘴鸭，他认得它们，它们就像熟悉的邻居。此外，还有几只大雁，悠闲地踱着方步，甚至还有几只色彩斑斓的黄鹂鸟。他的目光从它们身上掠过。这些，都不是他今天的目标。

他继续在江涂上搜寻，它们应该就在这儿啊。

突然，他的眼前一亮。在一撮芦苇边，他看到了几个亭亭玉立的身影，没错，就是它们。热血一下子涌了上来。

他揉揉眼睛，确认就是它们。一二三四，对，果然是四只，朋友告诉他，总共有四只。它们埋头在江涂上觅食，对周围的一切浑然不觉。他近乎陶醉地看过去，它们真是太美了，身上是白色的羽毛，翅膀却是黑色的，舒展开来，就像一幅水墨画。细长的脚，曼妙的身姿，使它们很像高挑的舞者，美艳，优雅。没错，就是它们，东方白鹳，整个地球上不足3000只，它们比白金还珍贵啊。

他将目光缓缓地从它们身上收回，熟练地从背上卸下猎枪，推上子弹，然后装上消音器。他以前从不用消音器，为了这次行动，他特地请朋友定做的。

他端起猎枪，瞄准。

十字准星，从江涂上划过。一只鸟，又一只鸟。准星所及，无不打了个寒战，似乎它们能够感受到来自芦苇丛中的枪管冷冰冰的力量。

枪口在那几只东方白鹳的身上，停了下来。

一只东方白鹳，又一只东方白鹳。他犹豫着，不知道瞄准哪一只。最后，他的目光和枪口，同时落在了最后一只东方白鹳身上。它一会儿低头觅食，一会儿警觉地抬起头，它看起来比另外几只东方白鹳显得紧张。

他把枪口向空中抬抬，直指蓝天，那将是鸟儿振翅飞起来时的高度。这也是被他瞄准的鸟儿，最后能够抵达的高度。

做好了一切准备，他长吸一口气，然后捡起一块土坷垃，向江涂上扔去。

鸟儿们惊恐地飞了起来。

三只东方白鹳惊恐地飞向空中。唯有他瞄准过的那只，正拼命地扇动翅膀，向前奔跑，企图飞起来。

它细长的腿上套着一件东西，这使它奔跑起来的样子有些滑稽。他看清楚了，那是一只金属鸟夹。它的生命力可真顽强啊，被鸟夹夹住以后，它竟然能够拖着鸟夹，侥幸逃脱。

在其他鸟儿惊恐的呼叫声中，它终于飞了起来。高空，那才是它们向往的家园。他沉着而缓慢地抬起枪，枪管移动的速度与它向上腾飞的速度，完美地一致。

另外三只东方白鹳在空中盘旋，等待着它们的伙伴。它吃力地努力飞向它们。

他再一次瞄准,然后,右手食指轻轻地扣动了扳机。

"砰——"消音器掩盖下的枪声,像一粒豆子在炒锅里炸响。

子弹划破空气,如锋利的刀尖在丝绸上急速划过。

突然,它一个趔趄。

打中了!

一个黑影从半空坠落,正是那只金属鸟夹。子弹将鸟夹与东方白鹳的脚的连线,击断了。

东方白鹳鸣叫着,向天空飞去。它的细长的双腿,有力扇动的翅膀,在空中划出优美的曲线。

他收起枪,仰视天空。多么蓝的天啊。

一辆公交车的人文情怀

年前去了趟日本,自由行。我们住的那家酒店的门口就有一个公交站,所以,我们的出行,大多是坐公交车。

很快,一辆公交车来了。

这不是我们要经过的线路,我们站在一边,继续等待。

我看着它缓缓靠边,进站。它停稳了。在车门打开之前,它的车身往左侧稍稍倾斜。日本的汽车都是靠左行驶的,车门都在左侧,因为车身的沉降,使车门与公交站的路面接近于同一个水平面。是因为路面有坡度,公交车才向左侧倾斜的吗?

我们要乘坐的212路公交车来了。同样缓缓地靠边,进站。我注意到,进站之后,它的车身也向左侧倾斜。上车之后,我特别留意了一下,每到一个站点,公交车停靠之后,车身都会向左侧倾斜，然后才打开车门。也就是说，不是因为路面的原因，而是为了方便乘客上下车，公交车在靠站之后，才主动沉降的，以使它的踏板更接近站台的高度。

这个小小的细节，改变了我对日本的印象。

在京都、大阪、东京和北海道的札幌，我们都坐过公交车，所有的公交车都自带沉降功能。在日本旅行了半个月，诸多细节令我们惊叹，比如你在大街上看不到一个扫马路的环卫工人，也几乎找不到一个垃圾桶，但是他们的街道却异常干净，没有纸屑，没有塑料袋，没有痰迹，也没有烟蒂。公交车的沉降系统，就是这诸多令人惊叹的细节之一。

当然，你在一辆日本的公交车上，还可以注意到更多的细节。

前方遇到红灯，司机会熄火等候。全世界人口最多的城市东京，车水马龙，天却蓝得像刚刚洗过一样，与公交车司机这个小小的举动有没有关系？我想是有关系的。

日本的公交车上都没有售票员，乘客从后门上车，前门下车，下车的时候，购票或刷卡，金额是依据你上车时，从车门处自行拿的"整理券"来支付，坐多少站，购相应的车票。我们的同行者中，立即有人提出：如果一个人从始发站上车，却半途去拿一张"整理券"，不就可以少购车票了吗？这似乎是个空子，但我在日本旅行期间，没有见一个人这么干过。

从一辆公交车，你大抵可以看出，一个地方的人们，他们的生活状态，他们的人文情怀，他们的基本素养。

有一年，我去俄罗斯，在偏远的摩尔曼斯克市坐公交，10路车，这是贯穿整个城市的一条主线，乘客却不多。有一站，站台上只有一个乘客，是个残疾人，坐在轮椅上。我正思忖着他该怎么上车，只见公交车司机停好车后，打开车门下了车，从车门处抽出一块踏板，架在车门与路沿之间，帮助残疾人坐着轮椅上了公交车。我后来留意到，俄罗斯的公交车上都配备有这样一块踏板，以备残疾人乘车之需。

一块踏板，自动沉降，这就是一辆普通的公交车所折射出的人文关怀。

国内也不乏令人感动的景象，印象最深刻的是杭州的公交车。当有行人穿越斑马线时，杭州的公交车都会停下来，等行人过了马路，再继续行驶。刚开始的时候，只有公交车这样做，其他车辆则根本无视行人的存在，照样疾驰而过。但慢慢地，除了公交车之外，有的私家车也停下来了；除了轿车之外，有的货车也停下来了。于是，今天，当你在杭州从斑马线穿越马路时，大多数车辆都会停下来，耐心地等你经过。

别小看这样一个细节，这就是风气，这就是秩序，这就是素质，这就是情怀。

干　净

工头指指身后的中年人，对他说，经理，这位是黄师傅，咱们这儿最好的水电工。他一定能帮你修好。

他看了一眼，没见过，见过也不会记得，工地上成百上千的工人，他哪儿都能记住啊。再说，工地上的工人个个都灰头土脸的，连工头有时候都分不清谁是谁。他说，那好，黄师傅，我们走吧。

岳父家的下水道堵了，弄得家里水漫金山，臭气熏天。接到电话后，他赶紧让工头找个水电工，帮他去处理一下。

他打开车门。

黄师傅拎着一个皱巴巴的工具包，跟在他身后，迟疑了一下，说，经理，我身上太脏，你告诉我地址，我还是自己骑车过去吧。

没事，快上车，家里的水管还在往外冒水呢，骑车根本来不及。他说。

黄师傅扭扭捏捏地上了车，欠着身坐下，两条腿紧紧地蜷缩在一起。也不知道是天气太热，还是过于紧张，黄师傅的脸上全是汗水。黄师傅用手背一抹，本来又黑又灰的脸，变得更花了。

他从后视镜上瞄了黄师傅一眼，一踩油门，向岳父家开去。

真是欲速则不达，半路上，小车的后胎爆了。他无奈地将车停靠在路边。

只能打出租车了。

可是，这条路上几乎没什么出租车，偶尔经过一辆，却不是空车。他焦急地四处张望，不远处有个公交站，他走过去一看，这条线路恰巧经过岳父家门前。正在这时，一辆公交车缓缓地驶了过来。

他和黄师傅，一起跳上了公交车。

乘客不多，还有几个空座位。他找了一个双排座位坐下，正犹豫着要不要喊黄师傅过来坐，只见黄师傅已经在他前面的一个空座位上坐了下来。他松了一口气。刚才在小车里，他就闻到了黄师傅身上很重的汗味。

随着车子的颠簸，他微微打起了盹儿。虽然不必像黄师傅那样日晒雨淋，但他这个项目经理，其实也是蛮辛苦的。

车厢里忽然嘈杂起来。原来是经过一个大站，上车的乘客多，车厢里骤然变得拥挤不堪。

"妈妈，好挤啊。"一个小女孩的声音清脆地传来。

他循着声音看过去，在他前方，有个四五岁的小女孩，被人群挤压到座椅边，一只手紧紧地拽着妈妈的衣角，倾斜的身体几乎摔倒。他正准备站起来，给这对母女让座。坐在前面的黄师傅，忽然站了起来："小姑娘，你来坐吧。"

小女孩的母亲看了看黄师傅，又快速瞥了一眼黄师傅坐过的座椅，坚定地摇摇头："不好意思，我们马上就到站了，谢谢。"

说着，一把拉住正要去黄师傅的座位上就座的小姑娘，向车厢后面挤去。

黄师傅尴尬地站立着，扭头看小女孩，她正不情愿地跟着妈妈向后边挤去。

他和黄师傅的目光，不经意地撞在一起。黄师傅难为情地垂下眼帘，闷头又坐了回去。

到站了。下车的时候，他惊讶地发现，小女孩和她的妈妈还挤在车厢里，她们并没有下车。

黄师傅拎着工具包，默默地跟在他身后。上楼的时候，黄师傅忽然自嘲道："汗味太重了，连坐过的座椅人家都不肯坐。"

他重重地拍了拍黄师傅的肩膀，什么也没说。

第二天，他就让工头在工地上建了一个简易的淋浴室。这笔经费，预算里没有，从来也不曾有过。他已经想好了，如果公司不给报销，他就从自己的承包奖里支出。

他觉得，自己虽然干不出什么惊天动地的大事，但至少可以让他的工人干净一点、体面一点地走在人群中。

敲 门

咚，咚咚，咚。走进楼梯口，他习惯性地走到101室的门前，敲门。敲门的节奏，是他和她早就约定好的，咚，咚咚，咚。永远固定的节拍。只要听见这样的敲门声，她就知道敲门的是他，她就不用急着来开门了。过了一会儿，门轻轻打开了，露出一张饱经沧桑的脸。隔着门，他对她笑笑："今天好吗？"她也笑笑，张开几乎没了门牙的嘴巴："好，好着呢。上班累吧？我没事，你赶紧回家去吧。"看到她精神矍铄，他才放心地上楼，回家。他的家在四楼。

这是他每天必做的功课。

他和她，不是母子，也不是亲戚，只是普通的邻居。考虑到她年事已高，又是一个人，社委会决定就近招募一个志愿者，帮忙照应一下她。也没有太多的事情，就是每天去敲敲老人的门，看看她有没有什么困难，万一有个意外，也好及时处置。之所以选择他，除了因为他乐于助人，最重要的一点，是他下班后从来不在外面参加什么应酬，每天能够准时去敲老人的房门。老人随时都有可能发生意外，三天打鱼两天晒网可不成。

社区负责人找到他，他欣然接受。于是，每天下班回来，他都要先去敲敲101室的门，与老人说两句话，然后才回自己的家。有时候，恰好碰见放学回来的儿子，他就和儿子一起去敲老人的门。儿子已经掌握了他敲门的节奏，咚，咚咚，咚。不疾不徐，不轻不重。门打开了，老人看到他们父子，开心地笑了，摸摸孩子的脑袋，经常还会变戏法一样，变出一大把花花绿绿的糖果。这些糖果，是老人远在美国的儿子邮寄回来的。

老人的身体很硬朗，几乎没有出现过什么状况，只是发生过几次小意外。有一次，他敲门的时候，她正好在卧室里接听儿子打来的越洋电话，没听到他的敲门声。敲了几遍，没人开门，他惊出一身冷汗，连忙又重重地敲了几次："咚咚，咚咚！"连一贯的节奏都忘了。放下电话，她才听见敲门声，虽然敲门的节奏不对头，但她知道这是他回家的时间，一定是他，她几乎是一路小跑着去开门，差点摔了一跤。还有一次，中午的时候，她累了，正靠在沙发上闭目养神，突然响起了熟悉的敲门声：咚，咚咚，咚。老人有点纳闷，今天这孩子难道没去上班，怎么这个时候来敲门啊。她乐颠乐颠地打开门，却是一张陌生的面孔，原来是推销化妆品的。傍晚他来敲门，老人将这件趣事讲给他听，一老一少，笑得满面春风。

日子就这样慢慢地流逝。咚，咚咚，咚。每天黄昏，熟悉的敲门声都会在楼梯口响起。那天，因为一个突发情况，他带着老婆孩子去了一个朋友家。黄昏的时候，他习惯性地想起了敲门这件事。因为走得急，他偏偏又忘记带电话簿了，没有她家的电话，无法通知她。朋友安慰道，这么多年了，失约一次，应该不会有什么事情。也只好这样想了。

晚上11点多，他们一家才回到院里。在一楼的楼梯口，看着101室的门，他犹豫了一下，要不要去敲敲门？再一想，太晚了，老人已经休息了，明天一早再来敲门吧。

他们刚回到家，自己家的门突然响了起来，咚，咚咚，咚。熟悉的敲门声，难道……他赶紧跑去开门，果然是楼下的老太太。

你们没事吧？她急切地询问。傍晚时没看见孩子放学，也没见你媳妇下班回家，你又没来敲门，我以为你们出什么事了，又没法联系你们，真是担心死了。刚才我听见楼宇门的声音，就想着是不是你们回来了，赶紧再上来看看。看到你们没事，我就放心了。

再上来看看？这么说，她已经来过好几趟了。他的眼睛，忽然湿湿的。他搀扶着她下了楼。他郑重地承诺，今后无论发生什么，他都会准时来敲门。

地板上的月牙儿

头发理好了,镜子里的我,显得精神多了。我满意地朝理发师点点头。

我准备站起来,理发师却示意我再等等。以为他觉得哪里不满意,还需要修剪一下。为客人理发,他总是一丝不苟,不论是生客还是熟客,这也是我长年在他这儿理发的原因。我笑着说,可以了。他换了一把又细又长的剪刀,对我说,你有几根白头发,我帮你挑出来,剪掉。说着,左手将我的头发扒拉开,理顺,轻轻地挑起一根,右手握着剪刀,小心翼翼地伸到发根,剪断。

一根,两根,三根……一共找到了19根白发,都帮我从发根剪掉了。他仔细地用手将我的头发都扒拉了一遍,确认没有白发了,才拿起梳子,重新帮我梳理头发。一边梳理,一边告诉我平时应该怎样护理头发。我从镜子里看着他,他的神情是那么专注,手法是那么娴熟,意态是那么从容,像正在做一件了不起的大事。

这是一家社区理发店,门脸很小,只有他一个理发师,也只有一张椅子。以前我总感觉这样的小理发店,是专门为社区里的老年人服务的,理发师的技术肯定不行。我宁愿多走几步路,到小区外的一家大理发店去理发。直到有一次,因为急于参加一个活动,来不及去那家大理发店了,我才第一次走进他的小店。没想到他的手艺非常精湛,剪出来的发型很适合我。价格也公道,理一次发,只收10元钱。

第二次去他的理发店,他正忙着为一个客人理发,我坐在一边耐心等待。这才留意了一下他的小店:店面虽小,却很干净,设施非常简单,唯一可以称得上精致的,是地上铺着的暗红色的实木地板,与一般理发店黑白相间的瓷砖迥然不同,让人感觉古朴而温暖。他低着头,专注地为客人修剪着头发,不时地围着椅子移动脚步。当我的目光落在他的脚上时,我惊讶地发现,椅子后面的地板,因为被他的脚踩来踩去,红漆磨光了,露出了木头的本色,看起来就像镶嵌在暗红色地板上的一个白色的月牙儿。

在帮我理发时,他和我聊了起来。他说,从小区建成那天起,他的这个小店就开张了,至今已经20年了。小区里的不少老住户都在他这儿理发,有的孩子刚出生时在他这儿剪的胎毛,如今那个孩子都长成大小伙子了。难怪椅子后面的地板都磨出了木头的本色。我让他看看自己的脚下,他低头瞅了瞅,忽然憨憨地笑着说，地板都磨白了。我说，那是你踩出来的月牙儿。

地板上的月牙儿，是一个理发师20年的舞台。想象着一个人长年累月，就围着一张椅子转动，那是怎样的一种寂寞，又是怎样的一种境界啊。月亮升起来了，理发师也从意气风发的青年，步入悲欣交集的中年。

每次去菜市场买菜，我都会到唐师傅的肉铺买点猪肉或排骨。不为别的，就因为唐师傅卖的肉让人放心，价格也公道。一年三百六十五天，除了大年初一，唐师傅的肉铺，天天都会营业。唐师傅总是站在他的肉铺里，笑眯眯地迎接每一位顾客。

肉铺里有一块硕大的砧板，足有一尺半厚，是最好的蚬木做的，样子不像是个砧板，更像是一个敦敦实实的圆木桩。靠里的一侧，深深地凹陷下去。有一次和唐师傅闲聊，他告诉我，这是20年前，父亲特地从广西给他买回来的。那时候他刚刚高中毕业，高考落榜了，心灰意懒地跟着父亲在菜市场学卖肉，这块砧板，就是父亲送给他的礼物。当时，这个砧板有60厘米厚。唐师傅一边为我剁排骨，一边有点自嘲地说，没想到，这一干就是20年，如今儿子都读大学了，那么厚的砧板，竟被剁掉了一小半。

唐师傅挥舞着砍刀，在砧板上一刀刀剁着，干脆，有力，手起刀落，骨头被剁成均匀的碎块。

我不禁想到，这块砧板，不就是唐师傅的舞台吗？砧板一点点凹陷下去，岁月一点点流逝。砧板支撑起唐师傅一家的生活，也支撑起他全部的希望。

对很多人来说，人生的舞台也许就是一张理发椅，一块厚实的砧板，或者一台缝纫机，一面黑板，一个方向盘，一只鼠标，一亩地，一把瓦刀……舞台如此之小，小得微不足道，但是，只要稍稍留意，你就会发现，每一个小小的舞台上都会留下岁月的痕迹，比如一个美丽的月牙儿。

正是无数个小舞台，搭建成人生的大舞台、社会的大舞台。

河上的"清道夫"

一条河,穿城而过。

它在入城之前,九曲十八弯,清亮如镜,而在城市的另一端,当它终于挣脱城市的羁绊,即将奔向远方的时候,已经完全看不出当初的模样,肮脏、污浊,散发着连它自己都无法忍受的怪味。它没有能力改变流向。越来越高的楼房,越来越宽的马路,将它挤压得气息奄奄。差一点儿,它就被填平了,盖上楼房,或者修成马路。

拐了一道弯,它流经城市最繁华的地段。

他负责这段河道的垃圾清捞。

每天清晨,他从回澜桥划着小船,顺流而下,用特制的网兜,打捞栖息在水面上的漂浮物。临近中午的时候,到达此行的终点站——惠济桥。河水继续南流。船舱里满载着打捞上来的垃圾,这些垃圾将由清洁车转运到垃圾处理场。他则将清空了的小船,划到惠济桥的桥洞下,然后从厚厚的布兜里掏出饭盒,享用他的午餐。那是老婆一大早为他准备好的,还有余温。沿岸有很多家饭馆酒楼,对着河道的油烟机,"呼呼"地喷出来一股股诱人的味道,掩盖了他的饭菜味。

靠在船舷上打个盹儿,他开始往回划,逆流而上。虽然水流不急,但他还是必须一边划,一边打捞。水面上永远有新的漂浮物,树叶、塑料袋、矿泉水瓶、香烟盒,以及其他杂七杂八的东西。他在网兜后面加了一小块木板,这样就能既打捞漂浮物,又当作木划子了。偶尔有一两片垃圾,从另一侧偷偷地溜出去,如果没能兜住它们,他就会让小船顺着水流倒回去,然后,用网兜将它们拦截住。这让他产生一丝小小的成就感,很得意地微微一笑。这是他一天中,第一次发出声音。声音落在河面上,没人能听得见。

但还是有人注意到了他。高高的河岸上,一对情侣正在驻足眺望,女孩看见了他,充满惊喜地对男孩说,快看,有人在河里划船呢,真是太浪漫了。一边嚷着,一边挥动着手机,让男孩帮她拍照。"一定要把小船拍进去哦。"女孩嘱咐男孩。男孩一边嘟囔着"一条破垃圾船,有什么好拍的",一边不情愿地按下了快门。

他继续打捞水面上的垃圾。河流的水位很低,岸很高,又散发着难闻的腐臭味,难得有人走到河边,往下俯瞰。这条河,以前河面宽阔,河水清澈,可以行驶很大的船,曾经还有几个热闹的码头。可是，现在它更像一条臭水沟。他记得老早的时候，还有人称这条城中河为母亲河，只是河水越来越污浊，人们便在河的上游另找了一面清澈的湖，冠名母亲湖。母亲湖的水，辗转流到这里，它们一脉相承。

有时候划累了，他会停下来，抬头往岸上看去，两侧都是高楼，热闹的街区，人来人往，熙熙攘攘，那是这个城市最繁华的地带。他只带女儿去过一次。那年暑假，女儿和同村的几个孩子一起，进城来看望父母。在最大的商场，他咬咬牙，给女儿买了一个新书包。他告诉女儿，他就在附近上班。女儿开心得不得了，完全忘记了爸爸妈妈两三年才能回一趟老家的残酷现实。

一天当中，他最开心的事情，是在水面上看到一两条小鱼，摇曳着小尾巴，追着树叶倏忽而去。很难在这条河里看到鱼了。他不知道它们是怎么来的，是被水流带下来的，还是不小心迷了路？他很高兴这条逼仄的河道里，除了他，还有另外的生命。他又替它们担心，自己忙完了一天的活儿，还能爬上岸，回到自己租住的小屋，而它们还能不能游到城外那片干净的水域呢？

天黑之前，他回到回澜桥，船舱里装满从水面捞上来的各种垃圾。等垃圾运走了，他将小船拴牢，然后骑上停在岸边的那辆破旧的自行车回家，转眼消失在滚滚人流中。没有几个人认识他。

这条河，流经我生活的城市。而另外一条河，从你的城市，穿城而过。

每个人都有自己的舞台

他拘谨地站在我的面前,脸上带着近乎讨好的笑容,不停地搓着双手,显出局促不安的样子。我犹疑地看看朋友,眼神里写着一个大大的问号。朋友看出我对他不太信任,拍拍他的肩膀,对我说,他是我们工地上最好的水电师傅,漏水那点小事,保准他手到擒来。

家里卫生间滴滴答答地漏水,已经很久了。找过物业,找过家政,都没找到症结所在。朋友听说后,向我推荐了手下的一名水电师傅,夸他手艺如何如何好。可是,站在我面前的这个人,看起来木木讷讷,笨拙得连话都说不利索,他能行吗?

走进卫生间,他放下工具,蹲下身,侧耳倾听。我也在他身边蹲下来。滴滴答答的漏水声,若隐若现,忽大忽小,飘忽不定。然后，他站起身，手拿一把小木槌，这里敲敲，那里捣捣。我对他说，以前来过几个师傅，也是像你这样四处听听，敲敲，捣捣，到底哪里漏水了，最后却没找出来。言外之意是对他的做法，我持怀疑态度。他只是轻轻"哦"了一声，头也没抬，继续一块瓷砖一块瓷砖地敲过去。忽然，他在墙角的一块瓷砖前停住，弯下身，将耳朵紧贴在瓷砖上。我想告诉他，那个拐角，已有人检查过了，没发现问题。他摆摆手，示意我别出声。呵呵，倒指挥起我来了！我没好气地瞥了他一眼。听了一会儿，他直起腰，语气坚定地对我说，就是这儿，下面的水管破裂了，需要将这几块瓷砖都敲掉才能修理。真是这儿吗？真要将瓷砖敲掉？是的！他的口气不容置疑。如果你确定，那就这么干吧。我说。

　　他撸起袖子，从工具包里拿出小榔头和凿子，开始敲瓷砖。没想到，一干起活儿，他就像彻底换了一个人，完全没有了刚见到我时的拘谨、木讷和局促。只见他左手握着凿子，右手挥动榔头，每一下都准确有力地敲打在凿子上。在凿子的重击下，瓷砖一块块地碎裂，飞溅。汗水很快布满了他的脸，他浑然未觉，继续有节奏地敲打着。一个多小时后，埋在地下的水管终于暴露出来，只见水管拐弯处的接头部分，正不停地往外渗水。他抹一把脸上的汗珠，又露出了憨厚的笑容，你瞧，问题就出在这儿。还真被他说中了。得把阀门关了。我闻声赶紧跑到厨房去关总水阀。他指指水管说，这个水管弯头老化了，必须更换。我点点头。给我找几块干抹布，将水擦干。我赶忙去找干抹布……当我将抹布递给他的时候，他忽然略带尴尬地笑笑，不好意思，把你当徒弟使唤了。我笑着摆摆手,你这么辛苦,我却帮不上什么忙,递递东西,总是可以的。

他继续专心致志地埋头干活,我无所事事地垂手站立在一旁。从侧面看,他的神情如此专注,仿佛不是在修理一截漏水的水管,而是在做一件重大的事情。我忽然意识到,对他来说,这就是人生的舞台。在这个舞台上,他是真正的主角。只有站在属于自己的舞台上,他才会显得那么干练,那么自信,那么忘我,所有的拘谨、木讷、局促,以及仿佛与生俱来的自卑感,都被抛到了九霄云外。

其实,每个人都有一方属于自己的舞台。

单位旁边有个停车场,收费员是个四十多岁的农民工大姐,平时看到她,都是一脸卑微。可是,当指挥一辆辆汽车停进车位的时候,她的声音忽然变得坚定而响亮,指挥的动作特别准确、到位。这个从未摸过汽车方向盘的中年妇女,在她的舞台上气定神闲,像个指挥千军万马的将军。

我的一位老乡,在小区边上开了一家小饭店。他生性腼腆,讲话还有一点娘娘腔,很多人看不起他。然而,他家的饭菜却是这一带味道最纯正的,尤其是他做的拉面,又细又匀又筋道,令人回味无穷。看他做拉面,更是一种独特的享受,一揉、二拍、三甩、四抛、五拉、六盘、七飞、八扯,一招一式,尽显真功。在他的舞台上,他的这一连串"表演",简直让人目不暇接。

与那位水电师傅一样,他们都是为了生计,才从遥远偏僻的乡村来到了繁华的城市。在人来人往的街头,土里土气的他们往往局促不安,笨拙得可笑,与周遭的一切显得那么格格不入。可是,请不要嘲笑他们,更不要鄙视他们,那不是他们的错,而仅仅是因为,他们没有站在属于自己的舞台上。如果给他们一个舞台,他们一定能将自己的角色演绎得无比精彩。

美德在民间

为了36元钱,一个人苦苦找寻了另一个人整整3年。

找人的老张是个修鞋匠,专门帮人修鞋、擦鞋。他在街边开了个修鞋的小店,已经开了八九年,一直没挪窝。老张的手艺远近闻名,生意一直不错,回头客很多。老张要找的人叫石慧,是老张的一个客户。

只要预存一笔钱,就可以打八折,老张的这个促销活动,吸引了很多慕名而来的新客户。老张有三个厚厚的大本子,清清楚楚地记录着每个客户的预存款和消费记录,从无差错。其中有个客户,预付款还剩36元,但她已经3年没有来过了。鞋匠老张要找的人就是她。他想把钱退还给她,或者请她把余额消费掉。

可是,除了知道她名叫石慧,住在附近的某个小区之外,老张对她一无所知，也没有她的任何联系方式。老张只能用最原始的方式，一个一个地问。每一个前来擦鞋或者修鞋的客户，他都要问人家一句，你认识石慧这个人吗？久而久之，竟然成了老张的一个习惯。

有人好奇地问道，为什么要找这个人？老张就把事情的原委一五一十地告诉人家。有人劝老张，她可能已经搬走了，反正才这么点钱，不必再找了吧。老张一本正经地说，那可不成，这不是钱多钱少的问题，而是怎么做人的问题。

慢慢地，到老张这里修鞋或者擦鞋的人，都知道老张在找一个人，那个人叫石慧。

有一天来了一个客户，自称认识石慧，他告诉老张，石慧早在两年前就因病去世了。他不知道她原来住在哪个小区，也没有她的家人的联系方式。

老张很难过，但他不想就此放弃。他想，石慧不在了，那就找到石慧的家人，把余下的36元钱退给人家。因此，他依然固执地向每一个来到店里的客人询问，你认识石慧吗？

日子就在老张的一声声询问中悄然流逝。

终于，有个客户告诉老张，他认识石慧的丈夫。

第二天，石慧的丈夫，来到了鞋匠老张的小店内。老张拿出一本厚厚的旧账本，翻到其中的一页，对石慧的丈夫说，她的预存款还剩36元，把钱退给你，或者你来修鞋、擦鞋，都可以。

石慧的丈夫却坚决不肯收。他说，为了这么点钱，你却坚持找了我们3年，已经很让我感动了。钱，我不能收。

一个坚持退钱,一个坚决不收。最后,还是鞋匠老张想了个办法,要不,咱们把这钱捐了吧,也算是对石慧的一个纪念。

第二天,鞋匠老张来到当地的红十字会,以石慧的名义,捐了336元钱,其中的36元,是石慧3年前预存在老张店里的余款,另外的300元,是石慧的丈夫追加的。

这个故事,终于有了一个圆满的结局。我不厌其烦地讲述它,是想告诉大家,这个社会需要的很多美德,比如善良,比如诚信,比如契约精神,从未缺失,它们不在别处,就在我们身边。

窗口有面镜子

他感到自己走到了绝境。好不容易找到的工作又丢了,老婆有病,儿子的学习让人操碎了心……他觉得人生所有的不幸都降临到了他的头上。

每天,他都将自己反锁在卧室里。他越来越害怕出门,不愿意看到熟悉的面孔,大街上的热闹景象更是让他心烦意乱,为什么别人看起来一帆风顺、美满幸福,唯独自己要遭受一个又一个打击呢?

可是,哪儿也不去,就待在屋里,他也会烦躁不安。天还没亮,几个老头老太太就在楼下做操,烦人!收破烂的高音喇叭,扯着各种各样尖利的方言,烦人!飞过窗前的鸟,喋喋不休地鸣叫,烦人!最烦人的是对面四楼的窗口,每天都会伸出一面镜子，在那儿乱照，有时将刺眼的阳光反射到他的卧室，吓他一跳。

他走到窗前，想看看到底是哪个没教养的小家伙在捣蛋。对面的楼与他家这幢楼相距有点远，看不清。他找来儿子的望远镜，这回看清楚了，是面小镜子，可是，奇怪，镜子后面没有人！再仔细看，原来镜子被绑在一根竹竿上，随着竹竿的晃动，镜子随之缓慢地转动。突然，镜子停住了，悬在半空中。他将望远镜对准镜子，模模糊糊地看到，一些人影在镜子里晃动……

他被激怒了。这个变态狂，分明是在窥视啊！

忍无可忍，他决定去教训教训这个可恶的家伙。

他来到对面那幢楼，爬上四楼，用力拍门，破旧的房门发出急促的响声。半晌，门打开了，探出一个白发苍苍的脑袋。老太太颤巍巍地问他，你找谁啊？

他一下子愣住了，没想到，房子里会住着这么大年纪的一个老人。你家里，还有什么人？

还有个儿子，在屋里，你是来找他的吗？老太太高兴地将他请进屋。

阴暗、潮湿的房间里散发出一股药物和霉味混合的怪味。他随着老太太走进里屋，一眼就看见那面镜子，正高高地竖在那儿。竹竿下面是一张床，床上躺着一个人，那个人的手里握着一根竹竿。

他走过去，准备一把扯下那面镜子。

他的手突然僵在了空中。

他看见了一张灰暗、扭曲的脸，眼睛大得出奇，深深地凹陷在发黑的眼眶中。浑浊的眼睛，空洞，麻木，无助。

他惊呆了,转身看着老太太,一时语塞。

老太太告诉他,床上躺着的是她的儿子,这个世界上她唯一的亲人。儿子命苦啊,15年前,打小就体弱多病的聋哑儿子突然完全瘫痪了,从此就躺在了这张床上。自己年纪大了,搬不动他了,无法带他出去晒太阳。"这不,怕他太孤单,前几天我想了个笨办法,将镜子绑在竹竿上,这样,他自己就能用镜子照照外面,给眼睛放放风。你瞧,下午的时候,还能用镜子反射点阳光进来呢……"

他搬进这个小区已经好几年了,从来没有注意到对面这幢楼里,还住着这么一对孤苦的母子。

他低着头默默地走了出来,穿透云层的阳光,一下子刺得他睁不开眼。他的眼里噙着泪花。

他没有回家,而是径直向热闹的市中心走去。他要去重新寻找一份工作,他要从阴霾里走出来,他要……

他不经意间抬头看了看,四楼的那面镜子,在阳光下发出耀眼的光芒。

改变世界的力量

儿子让他去城里住几天。儿子大学毕业之后,在城里找了工作,谈了女朋友,结了婚,现在,总算买了套属于自己的房子,这都是儿子自己努力的结果,他这个当爹的,基本没帮上什么忙。听说这几年城里的房子贼贵,他在乡下盖四间大瓦房的钱,在城里买不了一个卫生间。换句话说,就算他和老伴将乡下的老宅卖了,连给儿子买个毛坑都不够。

城里他也是待过的,那还是十几年前的事了。那时候,儿子刚考上大学,这可是整个村庄的骄傲。可是,高昂的学费,让他犯了难。靠在土坷垃里抠点钱,根本负担不起。不得已,他也进城了,加入了农民工大军。他没文化,又没技术,只能干最脏最苦最累的活。他扫过马路,帮人家看过仓库,做过扛包的苦力,在毒日头下挖过一个个坑，汗流浃背地蹬过三轮车，最后，一个做包工头的老乡，将他领到一个工地，在老乡的施工队里当起了小工。老乡的施工队，盖了一幢又一幢楼房，眼看着一幢幢漂亮的房子在光秃秃的土地上拔地而起，他的眼睛都看直了，城里的房子可真漂亮啊。工友们见他呆呆傻傻的样子，跟他逗乐取笑，你赶紧给儿子买一套吧。有了房子，儿子毕业后留在城里，就算扎下根了。他"嘿嘿"干笑几声，就他那点工钱，只能勉强供儿子上学，每年年底，连回家的路费都得跟工友借，在城里买房子？下辈子吧。

还是儿子有出息，工作才五六年，就在城里买了房子。不像自己，虽然也在城里流血流汗打拼了三五年，可是连个小小的印记都没有留下。施工队盖过那么多房子，但他不是瓦工，没砌过一块砖；不是木工，没锯过一根木；不是电工，没拉过一根电线……他只是个小工，搬来运去，扛东递西，多少黄沙、水泥和板材上，留下过他的汗水，但仅凭这一点，就吹嘘说楼房是自己盖的，他的脸皮可没那么厚。

又要进城了，这让他有点激动。十几年前，新盖的楼房，高大的脚手架，低矮的工棚，黑乎乎的饭盒……排着队在他的脑海里闪现。忽然，有一抹浅浅的绿色，一闪而过，青葱得可爱。他想啊想啊，终于想起来了。对了，就是它，爬山虎。

那天，在杂乱的工地上，他发现了一株爬山虎的幼苗，从一堆建筑材料中探出了几片嫩芽。他认得它，乡下到处都能见到它的影子，如果是在庄稼地里见到它，他会毫不犹豫地将它连根拔起，扔掉。可是，现在是在城里，在到处都是砖头水泥和钢筋的建筑工地上，这一抹绿，显得那么娇嫩，那么脆弱，却也那么好看。

他弯下腰，小心翼翼地将它连同边上的泥土，一起挖了起来。然后，他找到一幢刚竣工的楼房，在某个墙角处，将碎砖碎瓦扒开，栽上幼苗，并从工棚后面，为它弄来了几捧泥土，覆盖在它的周围。种下爬山虎不久，他们就转到另一个工地去了，他也慢慢忘记了它。不知道为什么此刻会突然想起它，也许在他看来，那是他唯一在这个城市留下的印记吧。

儿子在车站接上他，父子俩一起坐公交车，回儿子的家。城里的变化实在太大了，他像来到一座完全陌生的城市，惶惶然辨不清东南西北。

辗转来到儿子居住的小区。小区里的房子看起来有点破旧，房子的外墙斑斑驳驳，与周边新建的小区相比，显得寒酸了些。他对这里依稀有一点印象，但他不能确定，这个小区的房子当年就是由他们那个建筑队建造的。

儿子的家在二楼。只有一室一厅，客厅还正对着另一幢楼的外墙。他拉开客厅的窗帘，突然怔住了，只见对面那幢楼的墙壁上，爬满了碧绿的爬山虎。从儿子家客厅的窗户望过去，郁郁葱葱，就像一片绿色的海洋。

他问儿子，对面墙上的爬山虎，是谁栽种的？儿子回答，听老邻居说，那幢房子刚交付时，就有了。也许是飞来的种子扎了根，也许是有人无意间种下的。也没人特别在意它，十几年下来，就爬满整面墙了。

他的眼睛忽然有点涩，有点湿，有点热。他揉揉自己的眼睛，他不能确定，这就是自己种下的那株爬山虎。

但是，不管是谁种的，它改变了一面墙，也改变了这个世界。

手工扇

入夏的时候,我收到邻居老王送来的一把扇子,纯手工制作,仿佛一股清风,掠过我心头。

扇子有点重,扇面是用包装纸板做的,手柄是用木头做的,重量就源自这截圆木头。木柄被打磨得十分光滑,像圆溜溜的擀面杖,手感极好。老王告诉我,这把扇子的制作,完全是废物利用,扇面的纸板来自各种包装盒,木柄则是用拖把上的木棍磨制而成。拖把上的木棍大多是叫不上名字的杂木,结实,坚硬,把它磨得这么圆润,得花费多少时间啊。

楼上楼下的邻居,家家都得到了一把扇子。扇子都是手工制作的,但每把又各有不同,区别主要在手柄上。手柄有木头的,也有用空心塑料杆做的。塑料杆轻便,光滑,不用打磨,还挺结实。除此之外，还有一种最轻的手柄，是用竹片制成的。老王将竹手柄的扇子，都送给了有小孩的人家。为了防止纸板烂掉，扇面的四周，都密密地缝了一层碎布。在每只扇子的右下角，用毛笔工工整整地写着几个蝇头小楷：王记小扇。

我们纷纷向老王表达谢意。老王却双手抱拳，对大家说，这些手工扇，其实并不是我做的，而是我们家老爷子做的，谢谢你们不嫌弃它的粗糙。如果喜欢的话，在楼下散步、聊天时，带上扇子摇一摇，扇一扇，那就更感谢了。

没想到，这些扇子居然是他们家老爷子做的。老爷子至少有八九十岁了吧，有好长一段时间没看到老爷子下楼了。老王点点头，老爷子腿脚不大好，下不了楼了，却又不肯闲着，这不，一入夏，竟然迷上了做手工扇子，每天都能做出一两把呢。送给大家的只是其中的一小部分，还有很多，都送给亲戚朋友了。如果老爷子站在窗口，看到你们在楼下拿着他做的扇子散步、聊天，一定会开心的。

从我搬到这个小区，老王的父亲就退休在家了。他以前是做什么的，不大清楚，但老人喜欢做手工，邻居们感触颇深。前几年，老人还能上下楼，每到新学期开学的时候，他就在楼梯口摆上一张小桌子，免费为小学生们包书皮。他包的书皮平整、周正、结实，尤其是书的四个角，都精心捏过，不会扎到孩子们的手。连住在其他几个单元的孩子，都会把新书拿来，请他帮忙包上漂亮的书皮。

每年春天，社区都会组织一两次捐赠活动，居民们将家中的旧衣物捐赠出来，统一送到困难地区。老王家捐的衣物最特别。听说，每次老爷子都会仔细地将要捐赠的衣物检查一遍，掉了纽扣的，一定要缝补上；拉链不顺溜的则打打蜡，直到拉链活动自如为止。那么一大把年纪，除了不能穿针以外，其他所有的手工活，都是他亲自做的，每一针每一线，都一丝不苟。

 已经很久没有看到老爷子了，像很多老年人一样，衰老总是从双腿开始，他早已不能下楼了。如果不是这个夏天，忽然收到他做的手工扇子的话，我们差不多快忘记这个慈祥的老人了。握着老人制作的手工扇子，想象着一个白发苍苍的老者，佝偻着腰，坐在桌前，在每把扇子上颤巍巍地写下"王记小扇"的情景，我仿佛觉得，每一把扇子，都像是老人的双腿，帮助老人迈出家门，走到其所能到达的地方。

温暖的雪书

清晨出门，才惊讶地发现，昨夜下了一场大雪，地上积起了厚厚的一层。

这几年，杭州难得下雪，即使下雪，落地就融化了。这场不期而至的大雪，立即引起了早起的人们一阵阵的惊呼。

雪景很美。可是，一出门，我开始担心起来，路上的积雪已经冻结，道路湿滑，不知道汽车还能不能在路上行驶。开了几年车，还从没有在雪地上行驶过，我有点怀疑自己的驾驶技术。

小区外，停在室外的汽车上都堆积着厚厚的积雪，就像覆盖着一床厚实的棉絮。

找到自己的小车。

挡风玻璃上也积着一层厚厚的雪，必须先将积雪铲掉。转身的刹那，忽然发现我的车前挡风玻璃上，有人在积雪上写了一个字，细细分辨，是个"慢"字。字写得歪歪扭扭，估计是用树枝写的。他是在提醒我吗？他会是谁呢？我的心里暖暖的。

我发动了车子，打开暖风。趁预热的时间，将车上的积雪，一点一点慢慢铲除。

这时候，小区里陆续有人走出来。

身后传来一声惊呼，谁在我的车上画了幅画？回头一看，大声喊叫的，是停在我后面的一辆车的车主。我好奇地走过去，只见她的车前挡风玻璃上，画着一幅画，是一座房子，还有一个高高耸立的烟囱。女车主不解地看着画，这是什么意思啊？联想起我车上的那个"慢"字，我笑着对她说，这是一座房子，一个家，画画的人是在提醒你要小心开车。女车主也笑了，对，对，是得慢点。

会不会还有其他的字或者画？我很想知道。

一辆车接一辆车地看过去，果然，每辆车前挡风玻璃的积雪上，都写着诸如"小心"、"慢"、"安"等文字；有的车上，画着一座房子、一颗心、一个孩童；还有一辆车上，画着几个大大的惊叹号。

这个人，他是在善意地提醒我们啊。

大家就此议论开来，猜想那个写字画画的人，会是谁呢？我们的一位邻居？社区里的保安？晨练的老人？路过的行人？

猜不透。大家恍然大悟，是谁并不重要，重要的是他的提醒。一个有经验的老司机，告诉我们雪天开车应该注意什么，大家听了直点头。

自从我搬到这个小区以来，第一次感到大家的心，离得这么近。难道是大雪，拉近了我们的距离？

发动车子，缓慢地驶离小区。车前挡风玻璃上的"慢"字和积雪正在慢慢消融，可是，一个热心人善意的提醒，暖暖地，留在心中。

天上飘下来的礼物

收衣服的时候,发现一个衣架子是空的,探身往楼下一看,衣服果然又被风刮到楼下去了。

喊儿子,去,到楼下林奶奶家的院子里,把掉下去的衣服捡上来。

儿子愉快地答应着,蹦蹦跳跳地下楼去了。

风大的时候,晾在阳台上的衣服,常有一两件会飘到楼下。一楼的林老太太,人有点孤僻,不好相与。记得刚搬来的时候,有一次,衣服刮到她家院子里去了,我下楼敲门,想进她家院子里去拿。敲了半天,老太太连门都不肯打开,"你到院子外面去拿。"最后,从猫眼里钻出这么一句冷冰冰的话。我绕到南边的栅栏外,看见掉下去的那件衣服,已经被扔到栅栏外的草地上。

看着皱巴巴的衣服，心里真不舒服。

奇怪的是，儿子倒是和楼下的林老太太挺投缘。那天，又有一件衣服飘到楼下院子里了，我看了看，离栅栏不远，估计拿根竹竿就能挑出来。我让儿子拿根竹竿下去试试。儿子趴在栅栏边，用竹竿钩衣服的时候，林老太太突然出现在了院子里。儿子吓得不知所措，站在阳台上观望的我也很紧张，担心老太太会训斥他。没想到，老太太弯腰将衣服捡起来，隔着栅栏递给了儿子。我隐隐约约地听见她说，下次衣服再飘下来，你就到我家院子里来拿，我给你开门。儿子点点头。

从此以后，衣服再被风刮到楼下的院子里，都是儿子去捡。

儿子似乎也挺乐意。每次下去捡衣服，都要好大一会儿才回来。我问儿子，在林奶奶家都干什么了？林奶奶喜欢清净，不要打扰她。儿子歪着头，没有啊。林奶奶可喜欢我了，跟我说了好多话。林奶奶告诉我，她的孙子跟我差不多大，可是，她只看过他的照片。她的孙子在美国，还从没回来过呢。

林老太太的事，我约略听社区的工作人员谈起过。他们告诉我，林老太太唯一的儿子在美国，很多年没回来过了。老伴去世早，儿子出国后，老太太就一个人生活。退休后，生活更孤单了，常常一个人闷在家里面，跟外界的联系越来越少，人也变得有些怪异。原来是这样。难怪那次我去取衣服，她连门都不给开。社区工作人员说，你们住在她家楼上，帮我们留意点儿老人的情况，尽量多给予她一点照顾。我点点头，又摇摇头，真不知道怎样帮这个孤僻的老太太。

日子平淡地过去，风偶尔会将我们家阳台上的衣服刮到楼下去。儿子"噔噔噔"地下楼，又"噔噔噔"地上来。他快乐得像一阵风。

有时候，我会问儿子，楼下的林奶奶，生活得怎么样啊？儿子想了想，说，林奶奶每次见到我，都很开心。

一次，儿子下去捡衣服，回来的时候，手上多了一把花花绿绿的糖果。儿子说，这是林奶奶给的，是林奶奶的儿子从美国寄回来的。我还帮林奶奶念了信呢。儿子自豪地说。

儿子手上拿的衣服，叠得方方正正。儿子说，这些衣服，林奶奶帮我们重新洗过了，晾干了。

我的心头，掠过一丝感动。

我们和楼下的老太太，仍然没有什么密切的往来。儿子"噔噔噔"地下楼，又"噔噔噔"地上来。他快乐得像一阵风。有时候，从楼下林老太太的家里，会传来"咯咯"的笑声，一个动听而富有磁性，一个苍老而略带沙哑。

春节，我们回了趟老家。回来时，听说楼下的林老太太突然去世了，据说是无疾而终。听到这个噩耗，儿子的眼圈红了。

人们在整理老人的遗物时，发现了一个日记本，日记里记录着她最后的岁月。基本上是流水账，但是，老人在日记里多次提到从楼上飘下来的衣服，以及下楼来捡衣服的小男孩。有一句话，在老人的日记里反复出现："那是从天上飘下来的礼物。"

天上飘下来的礼物，是老人孤寂生活里的最后一点期盼。

地　气

吃过晚饭，我照例来到阳台，抬头看看远处的夕阳，或者低头看看我们的院子。

没错，是我们的院子。我家住在二楼，但一楼院子里的花香，我能嗅到；半人高的石榴树，我伸手就能碰到；微风吹过，所有的花花草草都争相和我打招呼……它可不就是我们的院子吗？

楼下的老王，正在院子的一角，弯着腰用铁锹挖树坑。这个老王，是我们的新邻居，搬来才半年多。以前一楼的住户，气哼哼地搬走了。也难怪人家生气，好端端的一个院子，到处是散落的烟蒂、瓜子壳、橘子皮，还有牙签什么的，都是从楼上飘下来的。我们这幢楼，临河而建，站在自家的阳台上，就可以欣赏到河面上不断变幻的风景，所以，楼上的人家，有事没事，都喜欢站在阳台上，看看风景。有的是饭后，一边打着饱嗝儿，一边剔着牙慧，剔干净了牙齿的缝隙，那牙签，随手就扔到了楼下的院子里。有的人，一边发着呆，一边嗑嗑瓜子，见楼下没人，瓜子壳都"啪啪"地吐到了楼下的院子里。男人们则躲过妻子的眼睛，在阳台上吞云吐雾，快活得跟神仙似的，抽完烟，一个弹指，烟蒂就会以抛物线的姿态，飞进楼下的院子里。十二层的楼啊，如果大家同时站在阳台上做这个动作，将是多么壮观！一楼的住户，狠狠地骂过，无效；上楼一户户去敲门警告，依然无效。后来，一楼的住户干脆也不到院子里来，只是将自家的杂物堆放在院子里。一段时间后，杂草丛生，污垢满地，一楼的院子彻底变成了垃圾场。

老王就是在这个时候搬过来的。没过几天，站在阳台上的人们惊讶地发现，楼下院子里的杂物不见了，杂草被拔除了，垃圾被清扫干净了。抽烟的人，捏着烟蒂的手抖了几下，看看院子里没人，还是扔了下去；剔牙的人，"呸"的一声吐出嘴巴里的秽物，见四下无人，手里的牙签，还是顺手丢了下去；嗑瓜子的人，先是用手将瓜子壳捧着，看看楼下没人，还是悄悄撒了下去。老王也不恼，每天两次或三次，将院子打扫干净。

又过了几天，站在阳台上的人们惊讶地发现，老王将院子里的那一小块地翻了一遍，泥土的气息扑面而来。几天之后，新翻开的土地上，竟然冒出了一层油绿，是草籽发芽了。楼上的人们俯身看到那片浅浅的绿色与不远处大片的草地遥相呼应，心中欢喜，捏在手里的牙签、烟蒂和果壳，犹豫了一下，终于没有扔下去,而是随手带回家,扔进了垃圾筒里。

青草长得很快,老王又在院子的几个角落,各栽了几株植物,一株是石榴树,栽下去的时候,就已经有半人高了;一株是白玉兰,刚刚打苞;还有几株矮一点的,是海棠,花已经盛开。不到一个月,原来的院子已是一片葱翠,从楼上望下去,就像是自家的后花园一样。

站在阳台上的人们,经常能看见老王在院子里忙碌着,为花草们浇水、打枝、捉虫。有时候,他会弯腰从草地上捡起一个烟蒂,或者一根牙签什么的,看来,还是有人改不了往下扔东西的恶习,这让其他站在阳台上的人,脸微微一红。老王偶尔会抬起头往楼上看,从楼上俯瞰,老王仰着的脸,很像一朵盛开的向日葵。

昨天晚上,忽然听见敲门的声音,从猫眼里看,竟然是老王。这是他第一次到我家来。他来干什么?惴惴不安地将老王让进屋。老王笑着说,我注意到楼上很多人家,都在阳台上养了些花花草草。我点点头。我家的阳台上也摆放着几盆,不过,养得并不好,每一株都无精打采的。老王说,我也喜欢种花养草,这花草呀,说卑贱也卑贱,说娇贵也娇贵,得让它们经常晒晒太阳,还得让它们沾点地气。地气?种在花盆里的植物,怎么沾地气呢?老王说,我准备在院子里挖几个土坑,你们不妨将自家的花草连同花盆一起埋到土坑里去,等花草恢复了元气,再搬回各家的阳台。这主意好啊!老王乐呵呵地说,那我再到楼上各家去说一声。

站在阳台上,默默地看着老王弯腰忙碌着,他已经挖好了几个土坑，有人正在将一盆枝叶萎黄的滴水观音连盆带花，移进土坑里。好像是九楼的住户吧？我琢磨，再过几天，也将我那盆发财树埋在老王家的院子里，接点地气，它也有点蔫了呢。

从楼上俯身往下看，滴水观音的每一片叶子，都像一张绽放的笑脸。

旧报纸里的温情

她微微佝偻着腰,依次去敲每个办公室的门。大家都认识她,收废旧报纸的老太太。

每个月的最后一个周末,她都会准时出现在办公楼里。单位规定,这一天,她可以上门收购废旧报纸。

因为工作的原因,我们单位几乎每个人都订了好几份报纸杂志,平时看完了,就码放在办公室一角,等着她上门来收购。卖一次旧报纸,往往可得几十元钱,女同事拿去买零食,大家共享。

她五十来岁,头发已经花白了,讲一口浓重的方言。每次来,她都会拎着一个布袋子,里面塞满各种各样的布条。她把不能穿了的旧衣裳撕成许多小布条,拿来捆扎旧报纸。她的另一只手上,拎着一杆小秤。

"卖报纸！"有人站在楼道里喊一嗓子，她就会立即从某个办公室跑出来，瞅一眼，乐呵呵地应答着。她几乎能够认出这座楼里的每一个人，甚至谁多长时间需要处理一次旧报纸，她都了如指掌。因此，如果一段时间你没有卖过旧报纸，下次楼道里遇见了，她一定会特地问你一句，旧报纸要卖吗？

她弓着腰，将堆在角落里的旧报纸，一摞一摞地搬出去，整好，码齐，然后用布条捆扎起来，一捆一捆地过秤。与我们经常看到的商贩那高高翘起的秤杆不同，过秤的时候，她的秤杆总是往下垂，秤砣几乎要从秤杆上滑落下来。没人在意她的秤，但她一直如此，坚持让利给客户。秤一捆，她报个数，让你记下来，再秤一捆，再报个数。全部秤完了，她会让你加一加总共有多重，而她自己，似乎从不记数，你告诉她多重，她就按这个重量，算账给你。有时候，账里面有零头，大家就说算了，她却总是很认真地从包里掏出一大把硬币，一分不少地结算清楚。

有时候，她会兴高采烈地告诉我们，旧报纸又涨价了，一斤涨了一毛多呢。她会按新的价格收购我们的报纸。她说旧报纸涨价了的时候，高兴得就好像她是卖旧报纸的，得了多少实惠似的。有时候，她会神情黯然地对我们说，最近旧报纸跌价了，价格只能降一降。说这话的时候，也好像她是卖旧报纸的，不得不承担一些损失似的。其实，大家处理旧报纸，没几个人真在意那点钱。倒是她，每次都很认真地告诉我们近期旧报纸的收购价格，涨了或者跌了，都写在她的脸上，跟晴雨表一样。

她的厚道、实诚，使这幢办公楼里的人都对她充满好感。这也是她能够这么多年,被允许上门收购旧报纸的原因吧。

有时,她会显得很小气。比如每次整理旧报纸时,看到夹在报纸里的杂志或者书籍,她都会将它们挑出来,单独捆在一起,过秤。她说,书和杂志比报纸便宜一点。有一次,我搬到新办公室,整理物品时,我将一些旧书扔进了旧报纸堆里。正赶上她来收购旧报纸。她将那些书一本本拣了出来,问我,这些书真的不要了?我点点头。她将书单独捆扎好。我笑着对她说,其实,书和旧报纸的价格,一斤也就相差一毛钱,没必要分得这么仔细。她讪讪地笑笑,没有回答。

每个月的最后一个周末,我们都能看见她微微佝偻的身影。这么多年来,她就像一张旧报纸一样,穿梭在这幢办公楼里。

那天,我们去郊区的一个山村采访,村支书领着我们参观了他们新建的村图书馆。图书馆是一间民房改建的,书架上整齐地码放着一排排图书。忽然,我看见有本书很眼熟,打开一看,扉页上写着我的名字。想起来了,正是我上次搬办公室时处理掉的。再一找,另外几本也在。我好奇地问村支书,这些书是从哪儿来的?村支书说,是村里的徐老太太捐赠的。她经常去城里收购旧报纸,如果收到旧书,她就会留下来,捐赠给村里或者学校。这几年,她已经捐了好几百本书了。

忽然明白了,为什么她每次收购旧报纸时,都会将夹在里面的书刊拣出来。摩挲着那些旧书,我感到一丝羞愧,也嗅到了书里散发出来的独有的香气。

站牌下的约定

西湖往南,一路景区。有一个公交车站,叫九溪。

每天一大早,这个公交站牌下,就会站满了人,赶着上班的,背着书包去上学的,转车去景区看风景的……

一辆公交车驶来了,一辆公交车开走了。

早晨的阳光,淡淡地将树梢点染得发亮。

不知道从哪一天开始,站牌下出现了一对母女。女孩手里捧着一本书,妈妈弯下腰,手指着书,一行行教女孩朗读。偶尔会抬起头,看看公交车驶来的方向。

春寒料峭,女孩的双手和小脸都冻得红红的。女孩的读书声清脆、响亮,仔细聆听,还有一点点颤音。

候车的人纷纷侧目,好奇地注视着这对母女。连等车的时间都不放过，争分夺秒地教孩子识字呢。这个母亲，可真够操劳，真够费心的。

一辆开往郊区的公交车驶来了。妈妈匆匆叮嘱了女孩几句，跑向公交车。妈妈跳上了车，女孩捧着书，看着车门关上，目送公交车开远，才捧着书离去。

每天早晨都是这样。

奇怪的是，有时候是妈妈先到公交车站，有时候是女孩先到。

遇到糟糕的天气，妈妈就会领着孩子到车站旁边一家公司的门廊下，教孩子读书。

除了节假日，似乎一天也没有间断过。

有一天，有位乘客终于忍不住了，走过去问妈妈："你女儿学习真用功，几岁了？"

妈妈抬起头，笑着说："她不是我女儿。"

"那你们是……"

"妈妈"说："我也是等公交车的。她是附近一个清洁工的女儿，我见她没学上，经常一个人在公交站附近孤单单地游荡，我就想，能帮她一点儿，是一点儿。所以，我就和她约定，每天清晨，我早一点来等车，教她十几分钟。"

原来是这样。

说完，"妈妈"走到一边，继续教孩子读书。那天，她教的课文是《春天来了》："春天像个害羞的小姑娘，遮遮掩掩，躲躲藏藏。我们仔细地找啊，找啊。小草从地下探出头来，那是春天的眉毛吧？早开的野花一朵两朵，那是春天的眼睛吧？"

那位乘客，偷偷地用手机拍了几张照片，寄到了报社。

报社进行了跟踪报道。记者很快了解到，女孩叫花花。今年春节之后，在杭州当环卫工人的父母，将她从老家接了过来，却一直没给孩子联系好学校。花花在老家已经读过一年级了。辍学的花花，每天落寞地跟着父母去扫马路。一天，花花遇到了等公交车的"妈妈"，于是，便有了公交站牌下的约定。

这个故事几乎感动了全杭州城的人。热心的人们四处奔走，为花花联系学校。很快，花花的学校，落实了下来。花花可以跟别的孩子一样，每天背着书包，去到学校，坐在宽敞明亮的教室里读书了。

而那位在公交车站教花花读书识字的"妈妈"，记者尊重其本人的意愿，没有透露她的姓名，人们只知道，她是一位普通的职员，也是一位平凡的母亲，她的孩子，正在读中学。她给记者发来一条短信："不要把笔墨放在我身上，世界上好心人很多，我做的事，很多人都能做到。"

"妈妈"和花花在公交站牌下的约定，随着花花的入学而结束了。它是这个春天最美丽的约定，是关于春天的约定。

水边的守护

　　下午的阳光,像细碎的银子,洒满水面。小河拐了个弯,缓缓地流淌。

　　我沿着河边散步。这里是城市的边缘,非常宁静。正是上班时间,河边很少看到行人和游客。约好了和附近的一个朋友见面,他正在赶来的路上。我在一堆矮树丛后面,找了一块石头坐下。

　　忽然听到一阵"哗哗"的撩水声,扭头看去,树丛的后面,小河的弯道处,两个孩子正在河里"扑腾扑腾"地玩水。大的八九岁,小的六七岁。刚刚初夏,水应该还有些凉,孩子们已经迫不及待地跳进了水中。我笑笑,到底是孩子,对水有着天然的依恋。

　　年纪稍大一点的孩子,在教小一点的孩子游泳。大孩子拉着小孩子的双手，小孩子昂着头，两只脚拼命地打着水，溅起一朵朵水花。不时传来两个孩子欢快的嬉闹声。这让我想起我小时候学游泳的情景。他们不会知道，树丛后面，有一双好奇而羡慕的眼睛，正悄悄地注视着他们。

我朝四周看了看，岸边堆着两个孩子脱下的衣服。离衣服不远的地方，另一簇树丛下面，坐着一个中年妇女，目不转睛地盯着河里嬉戏的孩子。树丛挡住了我的视线，我不能确定她的年龄，也许她是其中一个孩子的母亲，也许是奶奶，也许是别的什么亲戚。

两个孩子继续玩着水，一会儿"扑腾扑腾"地学游泳，一会儿又互相泼水，打起水仗。树丛下面的中年妇女，安静地看着他们，脸上挂着浅浅的笑意，有时拿出手机，翻看几眼，又关上，目光回到水中的孩子身上。

几分钟，也许十几分钟之后，两个孩子似乎玩累了，光着腚，向岸上走去。大一点的孩子，朝中年妇女坐的树丛下面瞄了一眼，忽然涨红了脸，用双手捂住身体，急急地跑到放衣服的地方，胡乱地套上了裤子。小一点的孩子，也慌乱地穿着衣服。我忍不住"扑哧"一声笑了，两个孩子，害羞了呢。中年妇女将头扭向另一边。

两个孩子穿好衣服，手拉着手，沿着河边的小路，快速地跑走了。

奇怪，他们竟然没和中年妇女打声招呼，而中年妇女，也没有跟着孩子离去。她站起身来，拂去衣服上的草屑，看看两个孩子的背影，朝我这边走来。

中年妇女从我身边走过的时候，我忍不住好奇，和她打了声招呼。我的问候，吓了她一大跳，她大概没想到，树丛后面还有人吧。我问她，刚才游泳的两个小家伙，是你的孩子吧？现在就下水，太早了点儿，水肯定还有些凉呢。

她看看我，摇摇头，他们不是我的孩子，我不认识他们。

不是你的孩子？我诧异地看着她，看你刚才的神情，我还误以为是你的孩子呢。

她再次摇摇头。指着马路对面的一幢民房说，我家就住在那儿，刚才路过这里时，看到河里有两个小家伙在玩水，边上又没见大人，估计是自己偷偷跑来的。我不放心，就在旁边坐了下来，怕他们有个闪失。又指指小河说，这条河看起来不深，但是水底下有几个暗坑，发生过好几起小孩溺水的事故了。

我冲她点点头，你是个好人。

她不好意思地笑了，现在的孩子，都是父母的心肝宝贝呢，又调皮得很，要是出个意外，好端端的一个家庭就毁了。我反正也没什么事儿，正好坐在旁边盯一会儿。我没看到你也坐在河边。

我难为情地笑笑，我只是闲坐，而她是在默默地守护。

中年妇女和我告别，向马路对面走去。

阳光静静地洒在河面上，像细碎的银子。

帮一个,是一个

他是一个农民,但他一年中的大部分时间,并不在他的十几亩农田里劳作。这些土地里长出的庄稼,除了留给他的家人做口粮外,其余的,都他被变卖成盘缠了。

他总是在路上。过去的16年,他徒步走了10万公里,最长的一次,他一个人在深山戈壁里,走了整整13天。

他的随身物品中,有一部相机,这就是他的全部行囊。20年前,他花了300元钱外加3袋麦子,从一位同学手中买回一部二手国产相机。这个当初借以谋生的工具,后来被他用来拍摄特定的一群人。

迄今,他拍摄了10万多张照片。照片的主人,都是甘肃、陕西、青海、内蒙古、新疆、西藏、四川、宁夏等西部地区的贫困失学儿童、他们的亲人以及代课老师,没有一张风景照。如果你从这些照片中看到了风景的话,那必定是贫穷、荒凉、无助、绝望的风景。

他在全国各地举办了几十场展览。他用一根根绳子,将这些照片串在一起,挂在城市的街头。与其说他展览的是一幅幅照片,不如说是一张张极度穷困、极度悲哀、极度绝望的脸。他希望人们记住这些可怜的面孔,并给予他们力所能及的帮助。

他自创了一种爱心资助模式:一对一。如果你被某张照片打动,希望帮助照片上那个可怜的孩子,那么,他会将这个孩子的相关资料,全部提供给你。通过这种方式,已经有13000多名孩子获得资助,重返校园。

他对自己十分苛刻,苛刻到近乎吝啬的程度。他是这么做的,能借宿,绝不住店;能步行,绝不乘车。他省下每一分钱,就是为了使自己能够走得更远,拍摄更多的孩子。有个北京朋友,曾经请他吃了一顿饭,花了142元。朋友结账时,他心疼不已。他说,这是西部一个家庭一年的伙食费。说完,端起一个盘子,将里面的剩菜,呼噜呼噜全吃掉了。

他叫王搏,是甘肃天水的一位普通农民。有人说他是摄影师,有人说他是慈善大使,有人说他是志愿者,他说自己只是个农民。

通过他的镜头,13000多名贫困失学儿童得到了资助,其中一些孩子的命运,可能从此改变。这已经是一个非常了不起的数字,可是,相对于他拍摄过的贫困儿童,这只是其中的一小部分；相对于他亲眼看到的还没有拍摄过的贫困儿童，更是沧海一粟。拍摄的照片越多，脚步到达的地方越偏远，接触到的贫困儿童和家庭越多，他越觉得自己力不从心。

有人劝他，你不是救世主，那么多因为疾病、因为穷困失学的孩子，你帮得过来吗？

他没有正面回答，而是讲了一个故事。大海边，每次海水退潮时，都会有很多小鱼搁浅在沙滩上，烈日很快会将它们烤焦。有位住在海边的老人，总是跟在潮水的后面，将一条条搁浅的小鱼捡起来，扔回大海。有人劝他，你这样能救活几条鱼？更多的小鱼，没等到你去救它们，就早已死了。可是，老人说，捡一条，是一条。

王搏说，和那位老人一样，我也是帮一个，是一个。

电影《一个都不能少》，曾经感动了无数人。一个都不能少，那只是一种理想，毕竟，有那么多的孩子，正在成为失学儿童；有无数穷困的家庭，仍然挣扎在苦难的边缘⋯⋯

和王搏一样，我们大多是普通人，靠辛苦所得养家糊口。我们的能力有限，我们不是救世主。但是，如果我们肯将这微小的力量奉献出来，却可能改变一个人的一生。

你帮助了一个孩子，就少了一张愁苦的脸；你帮助了一个孩子，这个世界就多了一张笑脸，多了一份温暖，多了一份希望。

奶 奶

在杭州最热闹的一个街区,他们相遇。

晚上十点多钟,他加完班从公司出来,一阵寒风吹过,他不禁缩了缩脖子。推着自行车,他看见了坐在街心花坛边的她。她看起来有七八十岁了,一只手拄着一根木棍,一只手端着一个塑料碗,头上裹着一条灰白的毛巾,身上单薄的外衣,已经分辨不出当初的颜色。她是个乞丐。他摸摸口袋,将兜里的零钱都掏了出来。可是,当他准备将手中的钱放进她的碗里的时候,她却用手挡住了碗口。

她看看他,对他说:"孩子,你是学生吧?我不能要你的钱,你们也是靠父母养着,不容易。"她用一口浓浓的方言说道。

他笑了,对她说,老奶奶,我已经工作了。她也笑了,我看见你背着书包,还以为你是学生娃呢。她说,我不找学生要钱。学生的钱都是父母给的,都是父母辛辛苦苦挣来的,不容易啊。

他支起自行车,蹲在她身边,和她聊了起来。他问她,家里还有什么人?她说,老伴去世了,自己有五个孩子,四个儿子,一个女儿,全都成家了。最小的孙子,都快有他这么大了。几个儿子都不肯赡养她,女儿在家里又做不了主,没办法,只好出来讨口饭吃。她说,我不怪他们,他们都拖家带口的,养活着一大家子,日子也难过啊。

她忽然问了句,听你的口音,好像不是杭州本地人吧?他点点头,我的老家在青海。她茫然地"噢"了一声,摇摇头说,没去过,一定很远吧。她怜惜地看着他,你一个人在外面打工不容易,要照顾好自己。平常多给家里打打电话。发了工资,给爸妈寄点儿回去,别都花了。好好孝顺他们。

他的鼻子酸酸的。他想起了自己远在家乡的父母,还有奶奶。她多像自己的奶奶啊。一样慈祥的面容,一样爬满皱纹的脸,一样浑浊的眼睛,一样花白的头发,一样皲裂的双手,一样越来越弯的背……还有一样的永远也放不下的牵挂。

又一阵寒风吹过,他缩了缩脖子,她的拿着碗的手,不自觉地往袖筒里缩了缩。他毫不犹豫地脱下自己的手套,递给她。她连连摆手,孩子,你骑自行车,怎么能没有手套呢!我不能要你的手套。

他掏出手机,对她说,我能给您拍张照片吗?她不好意思地笑了,露出残缺不全的门牙:"我这辈子还是第一次拍照呢。"他和她约定，明天还在这里见面。他会将照片洗好，给她送过来。她不住地点头。

回到家，他久久难以入睡。老人的身影，一次次浮现在他的面前。他将和老人相遇的故事，发到了当地的一家网站上。

我正是在网上，看到了这则故事。他将她的相片也发到了网上。他希望恰好路过那里的人们，如果看到了她，给她一点力所能及的帮助，哪怕只是停下来，和她聊几句。短短的时间内，跟帖无数。我仔细地端详她的照片，那张饱经沧桑的脸上，刻着痛苦而坚韧的皱纹。

第二天晚上，他在同一时间，来到约定的地点。她还坐在那儿，一只手拄着一根木棍，一只手端着一个塑料碗，头上裹着那条灰白的毛巾。唯一不同的是，她的身上，多了一件厚实的衣服。她一眼就认出了他。她告诉他，不知道为什么，今天有很多人跑来看她，有人给她钱，有人送她衣服，有人给她带来吃的。她难为情地说："这么多人帮我，我心里很不安呢。"

第三天晚上，一位母亲领着自己的孩子，找到了那儿，孩子想看看这位老奶奶；一位叫"花椒"的网友，拉了整整一车的生活用品，想去送给这位老奶奶；一个中年男人召集办公室里的几位同事，捐了一些钱，想送给这位老奶奶……孩子、网友、中年男人，他们都喊她"奶奶"，他们想在这个冬天，给这位从未谋面的"奶奶"，带去一点温暖。

然而大家却怎么也找不到她了。她的身影，再也没有在那儿出现过。附近那幢大楼里的保安说，以前，她都是在大楼地下停车场的角落里打地铺，也许是不愿意这么多人关注她，她选择了离开。

我一直通过网络默默地关注这件事。我的奶奶，离开我们已经快20年了，有时，她还会出现在我的梦中。有一次，我的孩子无意间看到我奶奶的照片，诧异地问我："爸爸，怎么你奶奶和我奶奶长得这么像啊？"我笑了，其实她们长得并不像，但是，又确实很像。

那是因为，天下的奶奶，都一样慈祥，一样善良，一样仁爱，一样宽厚啊。

老师的餐巾纸

一帮小学时的老同学,毕业40年后组织了一次聚会。让大家颇感意外的是,组织者还邀请到了王老师。

她是唯一健在的老师,已经退休,回到了城里。当年我们这些稚嫩的山里娃,经过风吹雨打,都已经两鬓微霜,步入中年。久远的往事,一幕幕浮现在眼前。

一位女同学拉着王老师的手,难抑激动之情:"王老师,您教了我们三年,您知道我印象最深的是什么吗?"

王老师摇摇头。女同学说,您给过我一张餐巾纸。那天,我家里出了点事,心情不好。上课的时候,心不在焉。代课老师很生气,让我下课后到他的办公室去一趟。在办公室,那位老师再次狠狠地训斥了我,骂我自以为是,骄傲自满。我没为自己辩解,只是眼泪不争气地在眼眶里打转。这时候，坐在对面的您，走到我身边。您什么也没说，只是默默地递给我一张餐巾纸。接过那张餐巾纸，我再也控制不住，号啕大哭起来。您抱着我，拍着我的肩膀安慰我。平静下来后，我告诉您，前一天，我的父亲，在山上采石时，腰被石头砸伤了。

女同学说着说着，眼圈又红了。王老师站起身，从餐桌上的纸巾盒里抽出一张餐巾纸，递给了她。

旁边一个男同学，走到王老师身边："王老师，您也给过我餐巾纸。"

男同学看看大家说，我们班的同学大多来自农村，王老师是从城里调来的，在我们眼里，王老师就像下凡的仙女。

头发花白的王老师，不好意思地笑了，我哪里是什么仙女啊！说实话，刚接到分配通知时，我还偷偷哭过鼻子呢。但是，去了那所学校，见到你们这些学生，我才下决心扎根农村。

男同学接着说，小时候我很调皮，是老师眼里的坏学生。有一次，我和高年级的一个学生打架，鼻梁都被打出血了。我俩被揪到老师办公室。我心想，这回死定了，一定要被您狠狠骂一通了。然而您却没有骂我，而是从包里拿出一张餐巾纸，帮我轻轻擦去鼻梁上的血迹。

男同学环顾四周，看了大家一眼，动情地说，那时候，我们这些山里的孩子，别说餐巾纸，连卫生纸都没用过。那是我第一次接触到餐巾纸，白而柔软的餐巾纸擦在伤口上，一点也不觉得疼，反而有一种柔软得让人心碎的感觉。王老师，我一直没告诉您,那次我为什么和那个男生打架。

王老师看着他:"我记得你很倔强,坚决不肯说为什么打架。那么,现在能告诉我了吗?"

男同学点点头:"那个高年级的同学说您坏话,说您一定是犯了什么错误,才被发配到我们学校的。听他胡说八道,我气愤不已,就和他打了起来。"

王老师笑了。

记忆的闸门一下子被打开了,让人奇怪的是,大家印象最深刻的,竟然都是王老师的餐巾纸。在场的几乎每一位同学,都得到过王老师的餐巾纸,有的是擦眼泪,有的是擦伤口,有的是擦鼻涕,有的是擦汗水。有个同学讲的故事,令在场的人都笑翻了。他说,以前他都是用手背擦鼻涕的,有一次,抄黑板报时,鼻涕又流了下来,他毫不犹豫地用手背去擦。突然,眼前冒出一个白色的纸团,他扭头一看,王老师正站在他身后,将一张餐巾纸递了过来。他红着脸接过餐巾纸。他说,你们绝对想不到,那张餐巾纸,我一直揣在裤兜里,整整揣了一个学期,只是偶尔拿出来显摆显摆,直到后来纸烂成了碎片。

他的故事,甜蜜而辛酸,令大家唏嘘不已。有人站起来对王老师说,您是唯一从城里来的老师,也是唯一的女老师,还是唯一使用餐巾纸的老师,别说我们学生,就连其他老师都羡慕得不得了。

王老师挨个儿将大家看了一眼,说:"我没想到,你们会记得这么多事情,而且记得这么清晰。我也记得那盒餐巾纸,那是我的一位远在国外的亲戚带给我的礼物。那时候,国内还没有餐巾纸呢。"顿了顿,她突然故作神秘地说:"说实话,刚开始给你们用的时候,我还有点舍不得呢。"

我们都笑了。我们这群中年人,围着老师,笑得眼泪直在眼眶里打转。

你有多重要

汽车进入了山区，山路崎岖不平，颠得人五脏六腑都快翻腾出来了。车上只有十几个乘客，坐在后面几排的乘客，因为颠得吃不消，都挪到了前排。

他却主动移到了最后一排，五个座位连在一起，正好可以躺下来睡一觉。他太需要休息了。这段日子，工作丢了，谈了好几年的女朋友也吹了，整个人像垮掉一样，心灰意懒，连续十几天吃不下睡不着，他觉得自己走到了人生的绝境。此行，他想回老家看看父母，年迈的双亲培养出他这个大学生，很不容易。他觉得自己对不起他们，他不想再让他们为自己操心。他决定在了断自己之前，再看一眼可怜的双亲。

汽车颠簸着前进，乘客们昏昏欲睡。他也恍恍惚惚地进入了梦乡。

突然，在一阵剧烈的撞击后，汽车猛地停了下来。

所有的乘客都被惊醒了，有人撞在了前排椅子的扶手上，有人被震碎的窗玻璃割伤，有人被抛出了座椅……躺在后排的他，也被高高地弹起，又重重地摔了回来。

出车祸了！

车厢里立即爆发出一片惊叫声，哭喊声。一阵混乱之后，大家你看看我，我看看你，虽然都不同程度地受了点伤，但看起来并无大碍。大家稍稍松了口气，有几个人从车窗探出头去，想看看到底发生了什么事情。这一看，不由得惊出一身冷汗：车子悬在半空中，晃晃悠悠，下面是一个深深的峡谷！大家这才发现，车身已严重倾斜！车头向下，尾巴翘起。

车内再次爆发出绝望的哭喊声，混乱之中，倾斜的汽车剧烈地摇晃起来，随时都可能坠下悬崖。

他环顾四周，最后一排只有他一个人。窗户是开着的，他轻轻移到窗前，看看外面，还好，还有近半个车身挂在马路牙子上，只要从窗户跳出去，他就获救了，安全了。

他站起来，探身准备往外跳，可是，因为他的移动，车厢猛烈地颤动了一下。他突然意识到，如果自己跳下去，整个汽车可能因为失去平衡而坠落。前面的乘客惊叫道："你不能跳出去，你一动我们可就都完了！"

是的，他不能只顾自己逃命，却置一车人于死地。可是，如果不马上跳出去，汽车随时可能坠落，那自己也将与大家同归于尽了。他不怕死，他这次回乡，就已经做好了死的打算，只是没想到会以这样的方式死去。

他深深地吸了口气。

他冷静地分析了一下形势。中学时，他的物理成绩就很好，他知道，在当前这种危急情况下，车头和车尾重量的稍稍改变，都可能使微弱的平衡被打破，从而导致车毁人亡。其他乘客都在车厢的前半部分，车尾只有他一人，他是这个平衡系统中最重要的一环。他这一生，从来没有这么重要过！

现在，唯一可行的自救办法是，他保持不动，维持这个平衡，让前面的乘客慢慢移到后面，再从窗户逃出险境。

他对大家说，我不动，你们一个一个从前面挪过来。千万不能挤，不要慌张，一个一个来！

在他的指挥下，离他最近的一名乘客，慢慢地向车尾爬过来。汽车轻轻地摇晃着，每一次抖动，都揪着大家的心。

第一位乘客，成功地移到他身边，从窗户跳了出去。又有一位乘客，爬了过来。十几位乘客都获救了。受伤的司机，也从驾驶室爬了出去。

他最后一个从窗户跳了出来。汽车晃了晃，没有坠落。

惊魂未定的乘客们，都奇迹般地获救了。看着摇摇欲坠的大客车，大家的脸上流露出劫后余生的欣慰。等大家定下神来，才想起坐在最后一排的那个小伙子。如果没有他的沉着和勇敢，不敢想象会是怎样的结果。大家四处找他，想向他表达谢意，找了半天，却不见他的踪影。

他已经悄悄地离开了。他的家就在几公里外的山洼里,上中学时,为了节省路费,他常常一个人从这条山路步行回家。十年前,正是沿着这条山路,他走出了大山。他是从山寨里走出的第一个大学生,他曾经是多少人的骄傲啊!

落日的余晖洒满山林。他拐到一条小路上,这样可以早一点到家。归巢的鸟儿们,成群结队地从他的头顶掠过。

远远地,他看见了掩映在山洼里的山寨,炊烟袅袅升起,他仿佛看见灶膛里母亲被柴火映得通红的脸。他加快了脚步。让那些颓唐的、幼稚的、懦弱的、自私的想法都随风而逝吧,他要从这里,重新开始自己的人生之路。

你的满足让我疼痛

多年来,她靠拾荒供养自己年已九旬的老母亲。

住在破旧、昏暗、漏雨的小屋,吃着捡来的或别人施舍的食物,穿着别人丢弃的旧衣服……72岁的她一点也不觉得生活清苦。面对闻讯而来的记者,她佝偻着腰,牙齿几乎掉光的嘴巴,笑起来瘪瘪的,甜甜的,很满足的样子。

是什么让她满足?换句话说,已经困顿如此,还有什么值得满足的?

她3岁时,父亲就去世了,本就贫困的家庭雪上加霜,是老母亲四处讨饭,才艰难地将她和弟弟拉扯大。她说,过去,娘靠要饭养活了我们,如今我怎能不养活母亲?靠拾荒,捡破烂,她养活着年逾花甲的自己,也养活着年迈的母亲。为此,她感到很满足。

她住的棚屋在一条狭窄的胡同尽头，是自己搭起来的，虽然又破又旧，漏风漏雨，但毕竟是一个窝。前不久，这一带要拆迁，她担心今后连住的地方都没有了。好在人家听说了她的情况后，同意暂时不拆了，她们还可以继续住在这里。她连声道谢，感激涕零。好歹还有一个立锥之地，她感到很满足。

每天，她都会帮老母亲烧一壶热水，泡泡脚，帮老人家捏捏麻木的脚板，顺便还能取取暖。她买不起煤球，烧的是从附近的烧烤店讨来的碎煤屑。看着老母亲眯着眼睛很舒坦的样子，她感到很满足。

冬至到了，天气越来越冷了。每天晚上，她都会在老母亲之前上床，为的是先把被窝焐热。早上，她也会赖赖床，迟一点爬起来。她是怕自己起得早了，冷风钻进被窝，冻着母亲。外面北风呼啸，而自己可以赖在床上多陪陪母亲，她感到很满足。

她的日常用品，基本上都是拾荒时捡来的，看着还能用，她就留了下来。没钱买新东西，但她有办法对付。白天，她要出去拾荒，留下母亲一个人守在窝棚里，怕母亲受凉，而她又买不起热水袋，于是，她就自己发明了一种简易、实用的热水袋。她将饮料瓶里装满热水，塞进老母亲的被窝里，这样，既可以暖脚，如果老母亲口渴了，还可以从被窝里掏出饮料瓶喝点热水。看着自己的这个小发明，她感到很满足。

在她的破旧的窝棚里，除了她和耳聋眼花的老母亲，还有一个生命，一条她捡来的流浪狗。一次，她外出拾荒，在垃圾堆里看到一只流浪狗,小狗的一只眼睛是瞎的。她觉得小狗很可怜,就把自己捡来的骨头扔给了它。就这样,流浪的残疾小狗跟着她,回到了窝棚。小狗每天跟在她的后面,她累了,它就在她的腿边蹭来蹭去,像个孩子。小狗很懂事,从不挑食,只啃她捡回来的骨头。忠诚的小狗,给了她和母亲无限的安慰,她感到很满足。

贫穷,疾病,孤寂,这就是她和老母亲艰难生活的全部。除了老母亲和一只残疾的小狗,她几乎一无所有,然而,她竟然很满足。她的满足,让我的心感到阵阵疼痛。

我有个朋友,不久前随队去一个偏远的村落调研,村里的孩子好奇地围着他们。因为事先没有准备,他们没有带什么礼物,最后,几个人在包里翻腾了半天,只找出几块饼干和几包方便面,还有一个人参加婚宴随手扔进包里的几袋喜糖,他们很难为情地将这些东西分给了孩子们。他们没有想到,孩子们分吃喜糖的时候,脸上流露出惊喜和满足的神情。孩子们说,他们很少能吃到糖,那种很少体味到的甜蜜感,让他们满足。朋友说,那一刻,他的心无比疼痛。

对不起,我们忽略了你。我的在寒风中佝偻着腰的老母亲,我的挂着鼻涕露着脚趾的孩子,你们困顿,窘迫,无助,坚强。你们的满足,让我的心如此疼痛!

请你帮帮我

车子停在学校附近的马路边,我打开收音机,一边听音乐,一边等儿子放学。接送儿子,是我每天必做的"功课"。

有人敲窗户,一张陌生的面孔。我将车窗摇下来一点。问他,什么事?

他隔着窗户缝,怯怯地挤进一点声音,你可以帮帮我吗?

看他的穿着,还算体面,不像是乞丐啊。

见我未置可否,他咽了口唾沫,继续说,是这样的,我从外地来这里找工作,一家公司让我一周后去面试。我刚才到火车站,准备先乘车回老家,一个星期后再来,可是……可是……

说到这儿,他忽然有点结结巴巴。其实,我已经听明白了,接下来他一定会告诉我在车站遭遇了扒手,连回家的路费都没了。

果然，嗫嚅了半天，他终于鼓足勇气似的，说他的钱包在车站被偷了，钱虽然不多，但是，现在连回家的路费都没了。

老掉牙的伎俩，但他的演技不错，一脸腼腆的样子，演得很逼真。"大哥，请你相信我，请你帮帮我，借我一点路费，我一周后一定回来还你。"隔着车窗，他的声音急促而沙哑，有点发颤。

我当然不会被这么幼稚的骗术欺骗。看他一脸诚恳（虽然那是伪装出来的），我也不想戳穿他。我摊开双手，故作无奈地说，可是，实在不巧，我今天身上没带什么钱。我故意在车上放零钱的盒子里一阵乱翻，"这样吧，这点零钱，你先拿去，买点吃的吧，别的我也帮不上你什么忙了。"我将卷在一起的几张零钞从车窗缝塞出去，递给他。

他却没接，脸涨得通红。

"嫌少啊？！"我有点生气了。明明是一个骗子，我不戳穿你，还白送你几块钱，还不知足？真不识好歹！

见我生气了，他犹豫片刻，接过了钱："大哥，谢谢你。我一定还你。"

我心里觉得好笑，几块钱，还什么啊。再说，鬼才相信呢！要是相信你，我就真借给你路费了。

他朝我点点头，红着脸走了。从后视镜里，我看见他好像还回了下头。

我摇摇头，一个年轻人，干点什么不好，非要出来行骗。如今有些人哪，真是可怜，可气，可恨！

第二天，我出了一趟差。十几天后，出差回来，我又开始每天准时接送儿子。

车子停在学校附近的马路边，我打开收音机，一边听音乐，一边等儿子放学。

有人敲窗户，一张陌生的面孔。我将车窗摇下来一点。问他，什么事？

"大哥，可等到你了，你不记得我了？"见我一脸茫然，陌生人激动地说："十几天前，就是你借给我路费的啊！"

哦，想起来了，那个骗子！我笑了："怎么，又被偷了？"

"大哥真幽默。我是来还钱的。"陌生人说着，从口袋里掏出一个信封，从车窗缝塞了进来，"103元，大哥你数数，你可帮了我大忙了。"

"别，别……"我一时反应不过来，太意外了，想不到他还真还钱来了，但是，我记得只给了他几块钱啊。

"是三张1元的，一张100元的，大哥，绝对没错。"他的脸又涨得通红，"其实，我回家的路费只要30元就够了，你却借给我那么多。大哥，你真是个好人。"

我彻底蒙了，难道那几张零钞里，还真夹了张百元的？瞧我，真糊涂。可是，可是，还有个事情我不明白，你怎么知道在这里能找到我？

"停在这里的车子，一般都是接送小孩。我当时特意记住了你的车牌号，我相信你还会来的。这不，等了三天，总算等到你了。"陌生人的脸上，露出憨厚的笑容。"大哥，我已经在那家公司上班了。"

我的脸却红了。

我打开车窗,伸出手,他也伸出了手。

约好了春天开花

妻子突然从厨房里冲出来，甩着湿漉漉的手，急匆匆就要出门。

外面飘着漫天的雪花，这是今冬以来，杭州下的第一场雪。她这是要出去赏雪吗？可是，雪刚刚飘下来，就都融化了，没有雪景可赏啊！妻子摇摇头，说，昨天我和人家约好了，要买她的花，差点忘记了，刚刚想起来。

我拉住她，外面下着大雪，买什么花？等雪停了再去买也不迟啊。

妻子却坚持要去。她解释说，昨天中午吃过饭后，她在单位附近溜达，在桥头，看到一个骑着三轮车卖花的老太太，有剑兰、文竹、金菊，还有水仙花种球。"我想买几颗水仙花种球，赶到春节的时候，正好能开花。老太太却告诉我，这几颗水仙花种球都是别人挑剩下的，芽发得迟，估计要到春节后才能开花。她说，我要是真想买的话，她明天再带几颗好的种球来，确保能在春节期间开花。真是一个善良的老太太。于是，我和她约好，第二天中午，还在那个地方等她。"

我探头看看窗外，雪下得更大了。我对妻子说，外面下着这么大的雪，谁还会出门啊。再说了，那种路边的买卖，本来就是随口说说而已，你还当真了。

妻子执意要去。

我推出自行车，说，我替你跑一趟吧。

妻子的单位，离家大约三四公里，我顶着风雪，艰难地骑行。我心里不住地嘀咕，肯定是白跑一趟，权当是体验一下雪中骑车的滋味吧。

赶到妻子单位附近，四处张望，风雪中除了偶尔有几个打着伞的人匆匆走过，路上显得空空荡荡。果然被我言中了，也难怪，大雪天，谁愿意出门啊。

路滑，推着车往回走。拐弯的时候，忽然看见街角蹲着一个老大爷，面前摆着两个箩筐，里面有几颗水仙花种球。没想到，这么糟糕的天气，还真有人出来做生意，小本买卖，不容易啊。

问好价钱，我买了五个水仙花种球。我打算回去跟妻子撒个谎，就说找到那个老太太了，水仙花种球是从她那儿买的，免得她内心不安。

老大爷细心地用塑料袋帮我将水仙花种球一个个装好。他的毡帽上有好几片雪花，竟然没有融化。一看，落在地上的雪，也已经开始积聚了。这说明，气温在下降。

我劝老大爷，天寒地冻，又下着雪，不会再有什么生意了，赶紧回家吧。

老大爷双手凑到嘴巴前，一边哈着热气，一边点着头。

我推着车，正准备离开，忽然听到老大爷在那里小声地自言自语："人家也许不会来了，真的不会来了。这样的鬼天气，谁还会出门啊。老太婆，天太冷了，我得回家了。你可别怪我，我可是足足等了一个多时辰呢。"

原来……我霎时明白了。

我转回身，紧紧握着老大爷的手，大声地对他说："您没有白等。"

雪花纷纷扬扬，打在水仙花种球上，它们已经长出绿叶，它们相约，在春天开花。

优雅的侧立

一袭红色长衫，满头如丝银发。在全场热烈的掌声中，她款款走上舞台，以一曲高亢的《水乡桥韵》，拉开了"纪念改革开放30周年——红线女粤剧艺术作品展演"的帷幕。

她就是红派艺术的创始人，著名粤剧表演艺术家红线女。

洒脱，飘逸，神采飞扬，你根本看不出，这是一位已经83岁高龄的老人。那眼神，动作，唱腔，仪态，神韵，都极具感染力，像一束光，穿越时空。

从艺70年，演过100余部粤剧，拍过90多部电影，独创"红腔"……红线女，在中国戏曲艺术史上，成为一面独特的旗帜，享誉海内外。虽然已经83岁高龄，红线女仍然活跃在艺术一线，每天上午9：30以前，她一定会准时出现在红线女艺术中心，开始一天的工作：研究、开会、看录像、修改剧本、手把手教徒弟……她说："我年纪大了，不能经常登台演出了，但是，我一直在努力，我还要进步。"

"我还要进步"，这是一位老艺术家的拳拳之心。虽是耄耋之年，仍然孜孜追求，不肯有丝毫的懈怠。所以，当红线女再一次站在舞台上的时候，她的一招一式，都那么准确、到位、传神。老人边唱边舞，长衫飘飘，身轻如燕，仿佛一团火，将场上的气氛，一下子点燃了。

和着音乐的节奏，红线女最后以一个优雅的侧立，结束了她的歌舞表演，静静地站立在舞台上。老人的身体稍稍后倾，侧身而立，欲倒未倒，如升腾的风，如欲飞的燕，亦如一团燃烧的火焰，照亮她脸上的笑容。

全场掌声雷动。

演出结束后，记者在采访红线女的时候，不约而同地提到了一个细节：老人侧身而立的姿势。记者们纷纷感叹道："我们看到您在舞台上侧立的姿势特别优美，仪态特别优雅。"

是的，那确实算得上一个经典的造型，凝聚了一位83岁的老艺术家对于舞台艺术一生的体悟。

没想到，红线女却笑着解释说："哪里啊，你们弄错了。我有一条腿肌肉萎缩得很厉害，侧着站立，是在找支点啊！"

老人道出的实情，出乎所有人的意料。因为，大家都以为，那么优雅的侧立，是老人精心设计的。谁也没有看出，那是因为老人的腿部肌肉萎缩了，站不住了啊！

我想起有一年的春节晚会,赵丽蓉老师在小品表演快结束时,突然单腿跪倒了。现场和电视机前的观众,都发出了会心的微笑。后来大家才知道,那并不是赵丽蓉老师节目里原有的情节,而是因为赵老师的癌症病痛发作了,她坚持不住,才有了那惊心的一跪。那一跪,也是在找支点啊!

很多时候,我们只看到了艺术家们在舞台上的辉煌,没看见辉煌背后的坚守与执着。在我看来,无论是赵丽蓉的惊心一跪,还是红线女的侧身而立,都是优雅而高贵的!因为,那不仅是她们的一个支点,也是每一个心怀梦想并孜孜以求的人,共同的精神支点。

忽然明白,每一朵花都本应芬芳,是我们亲手扼杀了孩子的天性,也扼杀了自己的幸福啊。那么,眼前这些年轻的父母们,在不久的将来,会不会步我们的后尘呢?

我希望永远嗅到花香,不要告诉我这只是一种奢望。

第三辑 每朵花本应芬芳

我要发芽了

"妈妈,妈妈,不得了了!"一家人正在客厅闲聊,妹妹的孩子晨晨突然跑了过来,脸憋得通红。我们都吓了一跳,以为发生了什么事情。妹妹赶紧蹲下来,抱住晨晨,问他怎么了。

"我刚才吃西瓜,不小心把一粒西瓜子吞进肚子里了。"4岁多的晨晨,刚上幼儿园,能说会道。

原来是这样。问他有没有卡住喉咙,回答说,没有。又问他肚子难受不难受,他摸摸肚皮,摇摇头。我们放心了,告诉他,西瓜子很小,没事的。我们都吞下过很多西瓜子呢。

他使劲咽了咽,又用手捏捏喉咙。妹妹见状,怕西瓜子还卡在孩子的喉咙里,赶忙端来一杯水,让他喝几口,把西瓜子带下去。

他却把头摇得像拨浪鼓:"妈妈,我现在不能喝水。喝了水,西瓜子就会在我的肚子里发芽啦。"

全家笑翻。

他看看大家,又一本正经地补充道:"奶奶每次把种子撒在泥土里,浇一些水,种子就发芽了。"

种子在肚子里发芽,多么奇特的想象啊。我摸摸他的头,这个小脑袋瓜里,藏着多少我们琢磨不透的美妙东西啊。

孩子的想象力,成人总是难以企及。

一次,妻子正在厨房制作月饼,站在一旁静静观看的儿子,忽然问道:"妈妈,天上的星星是从哪儿来的?"

妻子没有急于回答,而是耐心地启发他:"你说呢?"

看着妈妈揉面、切块,均匀地撒上芝麻,儿子突然兴奋地喊了起来:"我知道了,一定是嫦娥姐姐做月饼的时候,在天上撒下的芝麻。"

妻子一把抱住了儿子。那一年,儿子才5岁多。上学后,儿子对天文知识特别感兴趣,他最大的心愿是上大学后能攻读天文学专业。儿时撒下的一把芝麻,就这样成为一粒梦想的种子。

一粒种子,你只要给它浇点水,它就会发芽。可惜,很多嫩芽刚一冒出头来,就被我们这些毫无想象力的大人给粗暴地扼杀了。

想起法国电影《蝴蝶》里的经典插曲,它的歌词充满瑰丽的想象,趣味盎然。

为什么鸡会下蛋?

因为蛋都变成了小鸡。

为什么木头会在火里燃烧?

为了让我们像毛毯一样暖。

为什么太阳会消失?

为了地球另一边的装饰。

为什么我们的心会滴答作响?

因为雨淅淅沥沥。

为什么时间跑得这么快?

是风把它都吹跑了。

为什么会有魔鬼又会有上帝?

为了让好奇的人有话可说……

（节选）

好奇，才有魔鬼，以及上帝。

一位母亲的危机处理

1月24日，星期天，杭州，一个名叫山水人家的小区。宁静的小区道路两旁，停满了私家车。谁也没有想到，平时停得好好的小车，瞬间惨遭毒手，被利器划得伤痕累累。停在路边的几十辆小车，无一幸免。粗略估算，仅这些划痕的修理费，就需要四五万元。有人报了警。愤怒的车主们发誓要揪出恶意划车的人。

小区的监控被调了出来，从监控录像上可以看到，是一大一小两个孩子干的。大一点的像个小学生，脚下还踩着滑板车，小的估计才上幼儿园。他们一路走，一路划。这是谁家的孩子？胆子也忒大了！太没教养了！但孩子的相貌看不太清楚，没人能辨认出这是谁家的孩子。

警方开始调查。网络和第二天的报纸上，都报道了这件事。

第二天下午,一位妇女给派出所打电话,说划伤汽车的是她的孩子。

她也住在那个小区。她是第二天,才从网上看到小区车子被划伤的帖子,帖子中描述的两个孩子,大的很像她的孩子,小的是她同学的孩子。当时,两个孩子下楼去玩儿。时间、地点、两个孩子的特征,都吻合。她赶紧跑到小区物业管理处,调看了监控录像。果然是她的孩子。

她意识到事态的严重性。冷静下来后,她是这样处理的——

给派出所打电话,坦诚地告诉民警,车是自己的孩子划的,他们将承担全部责任。

晚上,儿子放学回家。她问道:"是不是你干的?"儿子低头不语。她对儿子说:"你是男子汉,是你做的,就要勇于承认。"儿子说,是他干的。又问他:"如果你的折叠车被人划伤了,你心不心疼?"儿子说:"心疼。"她说:"你的折叠车几百元就可以买到,而人家的车值一二十万元,有的甚至达上百万元,你说人家心不心疼?"儿子向她接连鞠了几个躬,说:"妈妈,我错了!"

她打印了一份致歉信,向所有车主表达歉意,并允诺承担全部责任和修理费用。致歉信复印了几十份,张贴在小区所有的出入口。

她又联系了一家信誉良好的汽车修理厂,负责修理所有被孩子划伤的汽车。

第二天、第三天,连续两个晚上,等儿子做完作业,她领着孩子,挨家挨户登门道歉。她要求儿子自己去摁响门铃。这是让儿子面对错误的第一步。儿子在课余折叠了很多纸船,上面醒目地写着"对不起"三个大字,她让儿子将纸船作为礼物,送给车主们。每到一户人家,孩子进门就说:"对不起,我不知道划伤车的后果这么严重,请你们原谅我。"所有的车主都表示原谅孩子。

她对儿子说,尽管叔叔阿姨原谅了你,但是你要记住,千万不要把别人的宽容当成犯错的借口。你要敢于担当,学会感恩。

一场危机,被这位母亲成功地化解了。剑拔弩张的人们,怒气全消;一张张冰冷失望的脸上,露出了笑容。作为犯错孩子的母亲,自始至终,她没有推卸责任,没有逃避,也没有大发雷霆。事情圆满解决,车主都很满意。更重要的是,孩子认识到了自己的错误,学会了担当,获得了原谅。我想,他这辈子都不会忘记这次教训,但也不会在心灵上留下难以抹去的阴影。

一位车主说,孩子的妈妈这么做,我很佩服。说句实话,遇到这样的事情,不是每个家长都能处理得这么及时,这么果断,这么有智慧、有诚意的。这位母亲,非常了不起。

是啊,想让孩子学会担当,做父母的首先要敢于担当,善于担当。这,你能做到吗?

教 子

回家的路上,看到在我前面,手拉手走着一对母子。孩子四五岁的样子,虎头虎脑,煞是可爱。

小区门口的岗亭上,笔直地站着一位保安。小区物业为了改善自身形象,做到文明服务,要求值勤的保安在业主经过时,必须敬礼。这对母子从保安身边走过时,保安"啪"地向他们敬了一个标准的军礼。年轻的妈妈牵着儿子的手,忽然停了下来,她弯下腰对儿子说,叔叔向你敬礼,你应该表示感谢啊。孩子看看妈妈,又仰头看着保安,也抬起手臂,学着保安的样子,敬了个礼,并用稚嫩的童音对保安说,谢谢叔叔。年轻的保安竟然脸红了,连连摆手,小朋友,这是我们应该做的。妈妈蹲下身,赞许地对孩子说,小朋友就应该这样讲礼貌。得到妈妈的表扬,孩子一脸灿烂。

这一幕,让我非常感动。我很钦佩这位年轻的妈妈,通过日常生活中一些细微的小事,不失时机地教给孩子做人的道理,让孩子从小就懂得尊重别人,礼貌待人。

他们沿着小区的道路,朝前走去,我也继续跟在他们后面往家走。孩子一边走,一边还在兴奋地和妈妈讨论这件事:"刚才那个保安叔叔,好帅啊。"孩子说。年轻的妈妈点点头。孩子忽然仰起脸,激动地对妈妈说:"长大了我也要当保安,妈妈,你说好吗?"妈妈停下了脚步,眼睛瞪得像铜铃似的:"没出息!长大了,你要像爷爷一样当领导,或者像爸爸一样当老板。只有没出息的人,才会去当保安。"似乎还觉得没说清楚,年轻的妈妈又重重地加了一句:"儿子,我跟你讲,你要是不好好念书,长大了就只能像刚才那个保安一样,没出息地替别人站岗,明白吗?"孩子似懂非懂地点点头。

这对母子的对话,令我惊愕不已。年轻的妈妈,又一次拿活生生的例子,教育了一回自己的孩子。可是,这前后两次的教育,多么迥然不同啊。

这让我想起另一次经历。年前的一天,单位组织一些人去慰问扶贫结队户。一位同事将儿子也带去了。他的儿子上小学三年级,淘气得不得了,在家里像个小皇帝。同事想找个家里有同龄孩子的困难户,一方面帮他们一把,另一方面也给自己的儿子好好上一课,让他认识到他是在蜜罐里长大的,别身在福中不知福。慰问了单位结队的困难户后,在村支书的引荐下,我们陪着那位同事，来到了一户人家。这是一个特别困难的家庭，女主人因重病常年卧床不起，两个孩子，一个读初中，一个上小学，全家的重担，全落在男主人一个人的肩上。男主人没读过几年书，也没有什么手艺，为了照顾妻儿，也不能像别人那样进城打工，他们的日子过得很是艰难。在村支书介绍了这家的情况后，同事拿出事先准备好的红包，让儿子亲自交到男主人手里。男主人推托再三，最后，在我们的劝说下，才从孩子手中接过那个红包。同事的儿子还掏出自己攒的几十元零花钱，送给了那个与他年龄相仿的孩子。两个孩子的手，紧紧地拉在了一起。

  回来的路上，我们对同事的做法大加赞赏，大家一致认为，这是一堂生动的教育课。同事摸着儿子的头，夸奖他今天表现得非常棒。孩子有点害羞地低下了头。没想到，同事又趁热打铁地教育儿子："看到了吧，不好好读书，将来你就会和那个叔叔一个下场。"

  一车人错愕不已。

  也许我的这位同事，与我在小区遇到的那位母亲一样，迫切地想教育好自己的孩子。可是，这种教育所映射出的，是多么悲凉和残酷的现实。我不能确定，我们在孩子的心灵中，埋下的到底是怎样一颗种子。

每朵花本应芬芳

几个年轻的父母聚在一起,话题不知不觉扯到孩子身上,有人提议,每个人讲一个发生在自己孩子身上的趣事。提议得到了一致赞同。要说自己孩子的趣事,谁不是几箩筐也盛不完啊。

一位妈妈先讲了自己两岁半宝宝的故事。她说,自己的宝贝女儿非常调皮,带她的外婆根本对付不了。有一天,她正在上班,宝宝又在家里淘气了,她就打电话回去,想吓唬吓唬她。她故作严肃地对女儿说:"你要是不乖,等会儿妈妈回家,一定要给你点颜色看看。"女儿不吱声了,哈哈,一定是被唬住了。没想到,过了一会儿,女儿突然嗲声嗲气地说:"妈妈,你别忘了,宝宝喜欢的颜色是粉红色哦。"

多可爱的妞妞啊!众人都笑翻了。

另一位妈妈接着说,她家的宝宝,是个不到三岁的男孩,似乎有问不完的问题。这不,问题又来了:"妈妈,为什么地球在转,我们却感觉不到呢?"妈妈想了想,告诉他:"那是因为我们很小,地球很大,所以感觉不到。"儿子说:"但是我有个办法可以感觉得到它在转。"说完就在原地转起了圈。一连转了十几个圈,最后东倒西歪地停了下来,晕晕乎乎地说:"妈妈,我现在感觉到地球在转了。"

多伶俐的孩子啊!众人笑得东倒西歪。

一个爸爸接过话茬说,那天他带着四岁多的儿子骑车出去玩儿,骑到半路,突然下起了雨,仲秋的雨,打在身上,已带有丝丝寒意。慌乱之中,他赶紧拿出雨披穿上。怕儿子淋雨,他用雨披将坐在后座的儿子挡了个严严实实。儿子躲在雨披下面,两只小手将雨披撑起一角,高兴地大叫:"包头雨,今天下包头雨!"

多乐观的孩子啊!众人纷纷竖起了大拇指。

一位妈妈笑着讲起了儿子的一桩糗事,两岁多的儿子在拉便便,突然,放了一个响屁,站在一边的奶奶佯装嫌恶地故意逗他:"宝宝,你刚才是不是放屁了啊?"孩子抬起头,想了想,很镇定地回答:"不是的。是我的屁股在唱歌呢。"

多幽默的回答啊!众人笑得前仰后合。

前面一位妈妈又补充了一件自己孩子的趣事,孩子刚上幼儿园的时候,午睡时间到了,幼儿园老师让孩子们上床睡觉。可是孩子翻来覆去,就是睡不着。老师问他:"为什么还不睡觉啊?"

这小子看着幼儿园老师，一本正经地回答："我是来幼儿园学本领的，不是来睡觉的。"

大家七嘴八舌地谈论着，交流着，发生在孩子身上的每一件事都那么有趣，使原本平淡的生活充满了欢乐。

我静静地听着他们的讲述。我的孩子，今年已经读高中了，即将迎来人生中最重要的一场考试——高考。一天二十四小时中，除了睡觉和吃饭不得不"浪费"（儿子的原话）八九个小时外，他的全部时间都用在了看书和做大量的习题上。他甚至连和我们说句话的时间和精力都没有了。而我们，因为害怕打扰他，在家里走路都小心翼翼地踮着脚尖。看着眼前这些年轻的父母们，我忽然想，我的儿子，在他年幼的时候，也充满了童趣，活泼、调皮、可爱、搞怪，给我们带来无数的欢笑和惊喜。从什么时候开始，我们的生活突然改变了，变得如此沉闷，如此压抑，如此不堪重负了呢？

忽然明白，每一朵花都本应芬芳，是我们亲手扼杀了孩子的天性，也扼杀了自己的幸福啊。那么，眼前这些年轻的父母们，在不久的将来，会不会步我们的后尘呢？

我希望永远嗅到花香，不要告诉我这只是一种奢望。

寻人启事

作文课上,老师讲解完应用文的写作技巧,当场给学生布置了一个题目:假设你的妈妈丢了,请写一则寻人启事。老师给每个同学发了一篇范文,大家可以依葫芦画瓢,但是,里面的内容必须真实。

同学们似乎还没有反应过来,自己的妈妈丢了,写一则寻人启事?大家茫然地盯着老师提供的范文发呆,一时不知该如何下笔。

见大家没什么动静,老师说,这样吧,我再讲一遍寻人启事的写作要点,大家一边听,一边写。

首先,请写明丢失者的姓名。

大家埋头在纸上写下妈妈的名字。

老师说，性别。

女。大家"唰唰"写完，暗自觉得好笑。

丢失者的年龄。

老师的话音刚落，教室里就炸开了锅。有人说，我妈好像42岁了。有人说，我妈从来不过生日，我真不知道她是哪年出生的。有人说，我今年14岁，我妈该有38或39岁了吧？几十个同学，竟然没有一个人能够准确地说出自己妈妈的年龄。

老师摇摇头，年龄先空着吧。下面是最重要的部分，请写出丢失者的体貌特征。

"我妈特别爱唠叨……""我妈很勤快，每天都要洗很多衣服，还要做饭，搞卫生……""我妈对我管得很严，连电视都不让我看……""我妈最疼我了，有什么好吃的都留给我……"大家七嘴八舌，似乎对自己的母亲很了解。老师打断了大家的议论："同学们说的，也许是你母亲的特点，但现在要求大家写的是母亲的体貌特征，比如脸上有颗痣，手背上有道伤疤，背有点驼，腰有点弯……"

同学们安静了下来，歪着头，努力回想妈妈的形象。每天都能见到的妈妈，到底有哪些体貌特征呢？脸上有没有痣？好像是有的，但想不起来在哪个部位了。妈妈干活时，经常会受伤，可是，哪儿留下过伤疤？真的没有注意过啊。妈妈的腰杆这几年确实有点弯曲了，总是直不起来，可能是太累了的缘故吧？可是，好像每个母亲都是这样的啊，这也算是体貌特征吗？

同学们勉强写下几个特征，像自己母亲的，又似乎不太像。

老师说，请同学们写清楚妈妈今天穿的是什么衣服和鞋子。如果妈妈真的走丢了，那么她离开家时穿的衣服，将是很重要的寻找线索。

班级里再次炸开了锅。大家叽叽喳喳地议论开了：哪个同学新穿了一双运动鞋，大家立即就注意到了；最喜欢的电影明星经常穿什么样式的衣服，大家总是一清二楚……可是，早上和自己一起出门，甚至骑着车子将自己送到学校门口的妈妈，她穿什么颜色和样式的衣服，却真的没有留意，从来也没有留意过。

失望写在老师的脸上，她万万没想到，一则简单的寻人启事，竟然没有一个同学写得完整、准确。最后，老师面色凝重地对大家说，不是寻人启事难写，而是大家对自己的妈妈根本就不关注、不了解啊！

儿子盯着我，盯着我，似乎要把我深深地刻进脑海。他给我讲述了发生在作文课上的事情。我相信，那堂作文课，儿子一定受到了很大的震动。我摸着儿子的头，告诉他，天底下的爸爸妈妈，都会用心关注孩子的成长，所以，孩子每一个细小的动作，都逃不过父母的眼睛。记住爸爸妈妈其实一点也不难，只要用心，就足够了。

眼睛看到的会漠视或者忘记，只有用心感受到的，才会永远铭记。

命运可以随时拐弯

他是个出了名的问题孩子,逃学、捣蛋、捉弄老师、欺负同学,可谓"无恶不作"。同学们怕他,讨厌他,避之唯恐不及;老师也对他渐渐失去了耐心,放任自流;他的父母,一个重病缠身,一个忙于生计,想管也管不了。除了偶尔被老师拿着花名册点到名字外,他已经差不多快被人遗忘了。

这是个偏僻的山区学校,贫穷是罩在很多孩子身上的一张网,难以挣脱。每年,学校都会拟定一份名单报到教育局,以方便那些好心的捐助者选择资助对象。很显然,并非每个孩子都能入选这份名单,有幸被选上的,都是品学兼优的孩子。学校会在每个名字的后面,附一份鉴定表,包括该同学的学习成绩和在学校的表现。这张纸很关键,很多捐助者就是据此选择他们要资助的对象。因此，能上名单，既意味着可能得到一份资助，同时也是一种荣耀，表明学校和老师对你的肯定。

又一批名单报上去了。

一天早晨，还没有上课，他就早早地来到了学校。这是他第一次这么早走进学校。在班主任的办公室外徘徊了许久，他终于鼓起勇气，走了进去。他从书包里小心翼翼地摸出一张纸片，递到老师面前："老师，这是我昨天收到的汇款单，是一位上海的叔叔捐给我的学费。谢谢老师！"

老师简直不敢相信自己的耳朵，他也得到了捐助？老师清楚地记得，报上去的名单里，根本没有他的名字啊。老师接过汇款单仔细地看了又看，收款人一栏果然写着他的名字。虽然心存疑惑，老师还是决定，把这个好消息告诉全班同学。

当老师在班级里宣布这一消息时，教室里瞬间变得鸦雀无声，所有的眼睛都齐刷刷地投向他。疑惑，羡慕，惊讶，什么表情都有。第一次受到大家热切的关注，他激动得满脸通红，腰板挺得笔直。他的腰板从来没有挺得这么直过。

那天，他第一次没有在课堂上捣乱，每一堂课，都听得非常认真。

放学了，他收拾好书包，跟在同学们的身后，走出学校。这是他第一次没有早退。

第二天，他又是一早就来到了学校。教室里空无一人，他将教室的地打扫了一遍，然后，坐下来，打开书本，读书。同学们陆陆续续走进教室，像看怪物一样地看着他。上课了，他第一次按时上交了作业本。

他像变了个人似的，不再迟到、早退，不再搞恶作剧，不再惹是生非。上课时，他安静地坐在自己的座位上，全神贯注地听老师讲课。老师提问时，他积极举手发言。月考时，他的成绩第一次没有不及格……

班主任对他做了一次家访。

他拿出了一沓信："这都是资助我的那位叔叔寄来的。"他忽然有点不好意思，"叔叔在信中说，是老师推荐我的。老师在推荐信里说我是一个努力、上进的优秀学生。我没想到老师会这么评价我。"他偷偷瞄了一眼老师，黑黑的脸上泛起红晕。"叔叔还说，他会一直资助我，直到我大学毕业。我不会让老师和叔叔失望的。"他紧紧地咬着嘴唇。

老师一脸迷茫，这份推荐信显然不是他写的。怎么会这样呢？老师也想不明白。但是，不管怎样，有一点可以肯定，他完全改变了，像涅槃的凤凰，获得新生。老师坚定地拍拍他的肩膀。

谜底直到几年后才揭开。他考取了一所重点大学，资助人也赶来祝贺。班主任老师私下里问资助人，当初为什么会选择一个问题学生进行资助？资助人一脸错愕，你们在推荐表上说他是品学兼优的好学生啊。资助人正好带来了当年的那张推荐表。班主任打开一看，上面字迹潦草地写着：许光军。那是另一名学生，而他的名字叫：许辉。

我信得过你

暑假我和儿子到西安旅游。为了游玩方便,我准备包辆车,游玩东线。在西安火车站,我找了一辆揽客的小轿车。司机开价150元,没想到这么低,我毫不犹豫地答应了。

一路上,司机热情地为我们介绍临潼的各个景点,建议我们选择两个最具代表性的景点参观就可以了,上午游览骊山,下午参观兵马俑。

车一直开到骊山脚下。下车的时候,我问司机,要不要先预付一部分押金?司机摆摆手:"大哥,不用,不用,我信得过你。我就在门口等你们,你们玩好了,我再送你们去看兵马俑。你记下我的手机号,出来时要是找不到我,就打我手机。"

我笑了笑,没想到萍水相逢,他居然这么信任我。他报出一个号码,我存入手机,想了想,摁了拨出键。他的手机响了,这样,我的号码也留在了他的手机上。

我和儿子背着包进山了。经过鸟语花香的鸟园,我们顶着烈日,向山顶攀登。从烽火台下来,有一个岔路口,路牌上一个箭头指向兵谏亭,一个箭头指向老君殿,我们选择了兵谏亭方向。从兵谏亭出来,就到了出口,我一看,傻眼了,这不是我们进山时的大门啊。询问工作人员,得知骊山有两个山门,两个山门之间相距几公里。

门口等客的出租车司机纷纷向我们招手。我给包车司机打了个电话,他一听,原来我们跑错了门。他说:"大哥,别急,我马上过去接你们。"

没等多长时间,司机便开着车赶了过来。我满怀歉意地笑笑:"对不起,让你多跑了一段路。"他却连声谢我。我明白他的意思,如果我从这个山门打别的车走了,他今天可就赔本了。

他将我们送到离兵马俑博物馆入口处不远的地方,让我们下车。我以为吃一堑,长一智,这次他会接受教训,让我先把车费付了。没想到他还是只字未提。我也索性不提这茬儿。

参观了两个多小时,我和儿子恋恋不舍地从兵马俑博物馆走出来。路过停车场,碰到好多发往西安的公交车,其中一辆车正要离站。我忽然带点恶作剧地想,如果我带着儿子跳上这辆公交车回西安,那个包车司机可就惨了。

我当然不会真的这么干。拖着疲惫的身躯,在一排排长得都差不多的汽车堆里,我找到了我们包的那辆车。

在回西安的路上，我终于忍不住问他："今天我有两次机会可以改乘别的车走，那样的话，你今天这一趟可就白跑了。我不明白，你为什么这么相信我？"

他扭头看了我一眼，语气坚定地说："大哥，你不是那种人！"

我笑了："你怎么能凭感觉判断一个人可不可信呢？坏人的脑门上会写着'坏人'两个字吗？"

他用手指指我的儿子："你会当着孩子的面，欺骗别人吗？"

他说得对，虽然我有时很难抵御人性的弱点，但在自己的孩子面前，我会尽量表现出高尚、正派的一面，我得给他做出榜样。

"其实，大哥，我今天与其说是相信你，不如说是相信你的儿子。"我奇怪地问他缘故，他说："早上你和我商量价格的时候，我注意到你儿子的手上拿着一个塑料袋，里面装着一些垃圾。你们大约是刚吃过早餐吧。我看见他一直把塑料袋捏在手上，直至找到一个垃圾筒投了进去。就冲这点，大哥，我相信你们。"

这是我没有想到的。我真诚地对他说："正是因为你的信任，我们才更不会溜走啊。"

车到西安，我付给他车钱，一张100元的，一张50元的，他接过钱，对着天空照了照。忽然意识到了什么，他不好意思地笑了："对不起，养成习惯了。"

我也笑了。在这个诚信缺失的年代，一个陌生的司机，用他的朴实和善良，让我在我未成年的孩子面前，感受到了被人信任的尊严，同时，也向我的孩子传递了一份人与人之间相互信任的力量。

是的，信任很脆弱，请好好呵护它。

进城的蝈蝈

晚饭后,一家人出去散步。走到小区门口,被一阵密集的"唧唧——唧唧——"声吸引。是卖蝈蝈的。

儿子叫嚷着要买一只。

路边停着一辆自行车,后座上左右两侧,捆着几百个小竹笼,每个小竹笼里,都装着一只蝈蝈。走到跟前,蝈蝈的叫声更加急促响亮,此起彼伏,像没有指挥的大合唱。

卖蝈蝈的中年男子站在一边,卷起破了边的草帽,呼哧呼哧地扇风。

问价格,中年男子指着竹笼,用一口浓重的方言说,左边的每只3元,右边的5元。问其缘故,男人回答,左边的是养殖的,右边的是从庄稼地里一只一只捉回来的,叫声不一样。

我好奇地问他，叫声有什么不同？

男子从左边摘下一个竹笼，这种蝈蝈的叫声尖而细。你再听听这边的。说着，又摘下右边的一只竹笼，拎到我们面前，这种野生的蝈蝈，叫声粗犷、洪亮。我和儿子都惊奇地竖起耳朵，左边听听，右边听听，"唧唧——""唧唧——"似乎没有什么不同。

儿子选了一只野生的蝈蝈。

提着竹笼，儿子高高兴兴地和他妈妈先回家去了。"唧唧——"一只蝈蝈的叫声，渐渐远去，就像大合唱里，一个声音唱着唱着，突然跑了调，越跑越远。

我还想和卖蝈蝈的中年男子聊聊。这是一个写作者的职业病。

我好奇地问他，那些蝈蝈，是怎么从庄稼地里捉来的？

他说，这些蝈蝈是他的两个孩子捉的。中年男人看着我儿子的背影说，我有两个孩子，小的和你儿子差不多大，大的是个女孩，已经读高中了。这些蝈蝈，是他们姐弟俩放学后，去庄稼地和灌木丛里捉回来的。

说着，他忽然咧开嘴，"嘿嘿"笑着说，你看你们城里的孩子，多白嫩啊！我那两个孩子，晒得都跟黑蛋似的。

我也傻傻地笑笑，不知道该怎么说。

他告诉我，每年一到夏天，他的两个孩子就会利用节假日，到田间地头捉蝈蝈。运气好的话，一天能捉三四十只。孩子的爷爷奶奶，则会早早编织好一些小竹笼，用来装蝈蝈。然后，他再骑着自行车，驮到城里来卖。不过，今年女儿升高三了，学习紧张，没什么时间捉蝈蝈了，所以他才从临近的养殖场里批发了些养殖的蝈蝈,一起驮到城里来卖。

说到两个孩子,中年男子黝黑的脸上,露出欣慰的笑容。他说,女儿的老师说了,这孩子聪明,又肯下功夫,明年肯定能考上大学。这不,我得给她先攒好学费。

我问他,这些蝈蝈都卖掉,需要多长时间?

他说,生意好的话,一天能卖三五十只,全部卖掉,总要十来天吧。因为他的家离城较远,所以,每次都要等全卖完了,他才回去。

那你晚上住哪儿啊?我关切地问道。

他指着不远处的一座桥说,这么多蝈蝈,太吵,住哪儿都不方便。我晚上就睡在桥洞下面。吵不着别人,还省钱。他憨憨地笑着。

天渐渐黑了,不断有人领着孩子,好奇地围拢过来。

我对他说,我再买一只吧,免得那只蝈蝈落了单。

他帮我挑选了一只。

"唧唧——"提着竹笼,走在回家的路上,我知道,家里有一只蝈蝈,正在轻声地呼唤。我的小屋,会成为两只蝈蝈在这个城市里的家吗?

信 赖

黄昏时分,几个男孩子在小区的草地上玩耍,不时地传来他们快乐的嬉闹声。

一个胖胖的男孩,拘谨地站在一边。他们不带他玩儿,他们看不起他,他们叫他"傻子"。有时候,他们把球踢到路边了,就大声地喊他:"傻子,去,帮我们把球捡回来。"他就像得到命令的士兵一样,乐呵呵地跑去捡球。球捡回来后,他们继续玩儿,他则张大嘴巴,站在一边有滋有味地观看,偶尔帮他们捡下球,或者帮他们递下饮料。他很乐意做这一切。

男孩子们玩累了。有个男孩提议,玩"背摔"吧。就是一个人身体后仰着摔下去,另外几个人用手臂搭成梯子,把他接住。这个游戏很危险,少年们不懂得危险,他们有时莽撞地认为,挑战危险代表勇敢。

提议玩这个游戏的男孩先来。他站在一个小土坡上,闭上眼,身体笔直地向后倒去。在即将落地的时候,另外几个男孩用手臂牢牢地将他接住了。

大家齐声喊了声"好"。"傻子"羡慕地看着他们,兴奋得拊掌大笑。

又有一个男孩站了上去,在往后倒之前,不放心地回头嘱咐小伙伴们:"你们千万接住了,别撒手啊!"众人响亮地答应着。男孩犹豫了片刻,慢慢倒了下去。

又是一阵掌声。"傻子"崇拜地看着他们,拼命地拍手。

男孩们一个接一个地站在土坡上,鼓足勇气向后倒去。在即将落地的瞬间,被伙伴们牢牢地接住。

有个男孩忽然看了一眼站在旁边的"傻子",然后,和其他几个孩子嘀咕了几句。男孩们向"傻子"招招手,示意他过去,问他:"你愿意试一次吗?"

"傻子"不相信地张大了嘴巴,激动得连连点头。

"傻子"学着他们的样子,站在了土坡上。然后,在众人"一二三"的呼喊声中,毫不犹豫地向后倒去。

站在他身后的男孩子们,突然抽回手,一哄而散。"傻子"胖胖的身躯,重重地摔在了草地上。

片刻的沉寂之后,"傻子"哇哇地哭了起来。

从附近的居民楼里,飞快地跑出来一个中年男人。他是"傻子"的爸爸。他站在自家的阳台上,目睹了刚才发生的一切。

男孩们吓得四散而逃。

都是一个小区的孩子,"傻子"的爸爸认识他们。

晚上,"傻子"的爸爸挨家挨户地去敲门。男孩们看到"傻子"的爸爸找上门来,都吓得躲进房间,不敢出来。他们想,完了,"傻子"的爸爸一定是来找家长告状的。

"傻子"的爸爸一遍遍地向每个男孩的家长说明事情的经过,家长们听了之后,一边诚恳地道歉,一边就要将自己的孩子揪出来揍一顿。"傻子"的爸爸阻止了他们。他说,我只有一个请求,就是请你们的孩子明天傍晚到草地上,再和我的儿子玩一次"背摔"游戏。家长和孩子们都答应了他的请求。

第二天黄昏,几个男孩又聚集在小区的草地上。"傻子"和他的爸爸也走了过来。看到那些男孩们,"傻子"怯怯地往爸爸的身后缩了缩。

男孩们继续玩"背摔"游戏。最后一个,轮到了"傻子"。

他吓得躲在爸爸的身后。爸爸蹲下身来,低声地和他说着什么。男孩们也鼓励他再玩一次,并承诺绝不会把手松开。

"傻子"有些迟疑地站在了土坡上。"一二三",在爸爸和众人的鼓励声中,"傻子"闭上眼睛,慢慢地向后倒去。

众人伸出手臂,稳稳地接住了他。在众人的臂弯中,他幸福得流下了眼泪。

爸爸搂着儿子,激动地对男孩们说,谢谢,谢谢你们重建起他对这个世界的信任。

在行走中长大

临出门,儿子还是决定,穿上那双他最钟爱的运动鞋。这双运动鞋,是他过15岁生日时买的,花了将近1000元,是我们给他买过的最贵的一双鞋。我和他妈妈从不舍得给自己买这么贵的鞋。儿子也视这双鞋为宝贝,轻易舍不得穿。这次,他却决意穿上。

我告诉儿子,我们要去的地方,在一个偏僻的山沟里,路非常难走,很容易弄脏或者弄破鞋子。儿子信誓旦旦地说,他会小心的。

儿子读高中了,这几天放秋假,我决定带他回老家看看,我也很久没回去了,顺便去看望几个堂兄弟。

坐了几个小时的汽车,又从县城换乘一辆"突突突"的三轮机动车,然后步行了半个多小时的山路,我们终于来到了祖居的小山村。

只有大堂哥在家，其他几个堂兄弟都到城里打工去了。大堂哥领着我们在村里转了转，一大帮孩子跟在我们身后，好奇地看着我们。大堂哥告诉我，这是谁家的孩子，那是谁家的娃。他们的父亲我都认识，他们的面孔，则完全是陌生的。

回到大堂哥家，我俩正在闲聊，一个又瘦又高的男孩子，忽然低着头，走了进来。

大堂哥喊住了他："二柱，这是你城里的叔叔。"又指指我儿子："这是你城里的堂弟。"男孩怯怯地喊了我一声"叔"，又看了我儿子一眼，嘴唇动了动，听不清他究竟说了句什么。

我拍拍身边的板凳，示意二柱过来坐下。这次带儿子回乡，就是希望他和老家的孩子们多沟通沟通。

大堂哥说，二柱在县城读书，念高二了，每个月回来一次，昨天刚从学校回来。在县城读书，开销大，这几年家里的景况不太好，你嫂子又有病，为了照顾她，我又不能出去打工，只能从庄稼地里抠点钱。

听着父亲的话，二柱不停地搓着手掌，看得出，他有点紧张。他与他的父亲——我的大堂哥，多么相像啊，简直就是他父亲的翻版。时光仿佛回到多年以前，让我有些恍惚。我上下打量着他，我的目光，惊诧地停留在了他的双脚上，他竟然赤着双脚，脚上沾满泥土。而边上，儿子的新款运动鞋，显得格外刺目。

二柱好像察觉到了我的目光，双脚往后缩了缩。儿子的鞋，似乎也往后缩了缩。两个孩子，同时感觉到了他们的不同，并为此不安。

儿子忽然站起来，走到二柱面前，伸出手："走，我俩出去玩儿。"

看着两个孩子的背影，我和大堂哥相视一笑，很多年前，在我们一帮孩子中，大堂哥是公认的孩子王。

两个孩子很快就熟悉起来，不时能听见他们的笑声。

大堂哥告诉我，家里条件差，苦了孩子。二柱每次从县城回家，舍不得坐车，都是走回来的。几十里山路啊，一走就是好几个小时。大堂哥说，有一次他赶集回来，路上碰到儿子，手里拎着鞋，光着脚走。"我知道他是怕石子磨破了鞋子。他穿的鞋都是他妈妈给他做的，可是，他妈妈有病，没力气，纳双鞋底要花费很长时间。"

真没想到，大堂哥一家的生活过得这么艰窘，而大堂哥的儿子二柱，又是多么懂事啊。

我和大堂哥又聊起村里的事情。

儿子忽然跑了进来，手里拎着一双布鞋："老爸，我想要哥哥的这双鞋。"

我诧异而愠怒地看着儿子，真是一个不懂事的孩子。

"这双鞋可是纯手工制作的，哥哥已经答应给我了。"儿子兴奋地说。

大堂哥看看我儿子，又看看二柱："喜欢就拿去吧。"

我真想揍儿子一顿。

"老爸，我拿我的鞋和哥哥换！哥，你一定得换给我，不许反悔。"

这小子一定是吃错药了。

在儿子的软磨硬缠下,我同意了儿子的请求,拿他的运动鞋换二柱的布鞋。

儿子高兴地脱下那双价格不菲的运动鞋,换上了二柱的布鞋,儿子走了几步,鞋子很合脚。

告别大堂哥和二柱,我和儿子踏上了归程。

路上,我忍不住问儿子:"怎么想起来用自己的运动鞋换哥哥的布鞋?"

儿子盯着脚尖,突然抬起头:"哥哥是他们学校篮球队的中锋,可是连双运动鞋都没有。如果不跟他交换,哥哥会要我的运动鞋吗?"

原来是这样。我骤然发现,儿子已经长大了。

孩子，我在等你犯错

我问儿子，今天偷看电视了吗？

暑假，白天都是儿子一个人在家，为了控制他看电视的时间，我们规定，不许他白天看电视。儿子故作轻松地回答说，没有啊。

我盯着他，严肃地问道："真的没看吗？你要诚实地回答我。"

儿子低下了头："我错了，我看了一下午电视。"

因为未经允许看电视，还撒谎，儿子不可避免地受到了惩罚。

接受完惩罚，儿子怯怯地问我："爸爸，你是怎么知道我偷看电视的？怎么每次我一犯错，你就能抓住我？好像你是我的影子，一直跟在我身后。"

其实，下班一回到家，我就悄悄摸了摸电视机，机身是热的。这个秘密，我当然不能告诉你。但是，孩子，有一点你说对了，每次你犯错的时候，我都会在第一时间出现在你身边，就像猎人总能及时出现在猎物面前一样。没错，你所犯下的每一个错误，都是我的猎物。

你已经是个翩翩少年了。你知道吗？这十几年，你不断地犯错误，不断地改正，你就是这么长大的。

刚刚学会爬的时候，你对一切都充满好奇，忍不住摸摸这儿，动动那儿。可是，并不是世上所有的东西都是你的玩具，有的会伤害你。你太小了，听不懂大人的话。唯一教会你认识危险的办法，就是让你犯个错，并承担这个错误带来的后果。我们一再告诫你，爸爸的热水杯是不能碰的，但你根本听不懂。有一天，我故意将杯子放在你能触及的地方，你兴奋地用手去摸那只充满了诱惑的杯子，结果，你粉嫩的小手被杯子很不客气地烫了一下，你痛得哇哇大哭。我一边抚慰你，一边告诉你，杯子里装着热水，会将你的手烫伤，不能随便碰。世界上有很多像杯子一样的东西，我们需要它，但是，弄不好就会被它伤害。我知道我的话你不会明白，但此后很长一段时间，你都不再乱碰杯子，直到你学会先用手背去试一下温度。

你的成长过程，伴随着大大小小的错误。学走路的时候，你是多么兴奋啊，在大人的帮助下，你一刻都不肯停下脚步。当你跌跌撞撞地自己迈出人生第一步的时候，我和你妈妈的眼里都充满了激动的泪水。很快，你不满足于在家里蹒跚学步了，你要到外面去。我牵着你的手，和你一起来到了院子里。明媚的阳光，似乎在热情地欢迎你。我悄悄松开你的手。没走几步，你就被地上的一块小砖头绊倒了。你号啕大哭。我将你扶起来,指着那块小砖头告诉你,走路时要学会避开它。你似懂非懂地点点头。孩子,其实那块砖头我早就看到了,我知道你不会注意到它。你刚学会走路,只会看天,不会看路。我也料到你一定会被它绊倒,因为你还不知道怎么绕开它。即使不是这块砖头,也会有其他的砖头将你绊倒。这一点儿也不奇怪。你被绊倒了,摔痛了,你就会永远记住:路上的石头会将人绊倒。明白这一点非常重要。人的一生当中,会遇到形形色色的石头。这一跤,你一定得摔,而且,天知道我们要摔多少跤,才会真正长大。

你终于可以自己满世界地跑了,再也不需要大人跟在你的身后了。孩子,你不知道,父母的视线,其实一刻都没有离开过你。还记得吗?有一年冬天,小区里的水池里刚结了冰,你就尝试着从冰上走。那么薄的冰,哪儿能承载你的重量?你的脚刚刚迈上去,那层薄冰就"咔嚓"一声碎裂了,你一脚踩进了刺骨的冰水里,吓得尖叫起来。我冲过去,一把将你拽了上来,抱回家中。事后,我记得你问过我,咋就那么神,你刚掉进水池里,我就像救星一样出现在了你的面前。孩子,你不知道,看到你满怀好奇地走到水池边,我就一直在暗中注视着你。我猜到你会不知深浅地走到冰上去,我还知道,只要你踩上去,就一定会掉进水池里。我当然可以制止你,让你不犯这个错误,但我没有。我不想阻止你探险,人一定得有一点好奇心,要有一点探险精神。同时,说实话,我想看着你犯错,错误会让你吃苦头,长记性。

孩子,你说得对,每次你犯错的时候,我都会及时出现。因为我料定你会犯错,我甚至有点迫不及待地等着你犯错。

有一天,你和几个小朋友在楼下玩儿。我站在窗前,看得十分清楚。看到你和小朋友们玩得十分融洽,我开心极了。可是,突然,你和其中一个比你小的小朋友发生了矛盾,好像是为了一个玩具,最后,你竟然从他手中强行将玩具抢了过来。看到这一幕,我简直不敢相信自己的眼睛,那是你吗?我的孩子。为了一个小玩具,你竟然学会了无耻地抢夺。我迅速冲下楼去,严厉地呵斥了你的行为,让你将玩具还给人家,并向他道歉。回家之后,你被罚跪在搓衣板上,面壁思过一个小时。你心甘情愿地接受了惩罚,因为你知道你错了。

我的孩子,我知道迟早有一天,你会犯这个错误。这一天,终于来了。虽然你从小就很善良,可是,面对比你弱小的人,面对致命的诱惑,你也会恃强凌弱,巧取豪夺。所幸的是,我及时发现并制止了你的错误。我惩罚你,就是希望你牢牢记住,欺凌和掠夺是可耻的,我希望你永远别再犯这样的错误。

人非圣贤,孰能无过?人这一辈子,必然会犯各种各样的错误。犯错误,并不可怕,可怕的是犯了错却不自知,可怕的是一犯再犯,可怕的是明知故犯。人的成长过程,其实就是一个不断犯错、不断认错、不断纠错的过程。

孩子,我无力为你指出人生中的每一个错误,但我希望,在你年少时,多犯几个错误,我们共同来面对和改正。这样,当你长大成人,独自走向社会时,就会少犯一些错误,少跌几个跟头啊!

卖莲蓬的小姑娘

同事放下电话,郑重地说,请大家帮帮忙。

问他什么事,同事说,朋友刚刚打来电话,他上小学三年级的女儿在农贸市场边摆了个地摊,卖莲蓬。他偷偷躲在一旁观察,小家伙的摊子已经摆了快一个小时了,还没有卖出去一个莲蓬。所以想请大家帮帮忙,去买上一两个,给孩子一点鼓励。同事说,小姑娘认识他,他不能亲自去买,只好请我们帮忙。

农贸市场离单位不远,中午休息的时候,我打头阵,去买莲蓬。

正午的太阳火辣辣的。虽然只有短短的两百多米,走过去已是汗流浃背。我远远地看见,农贸市场大门一侧的树荫下,坐着一个小姑娘,面前摆着两堆绿绿的莲蓬。应该就是同事所说的那个小女孩。

慢慢走过去。路上行人不多,小姑娘眼巴巴地盯着每一个从她身边经过的人。有人扭头看一眼,迟疑了一下,又加快脚步,匆匆而去。小姑娘失望地看看他的背影,又把目光移向下一个行人。

小姑娘看见了我,眼神里充满了期待。不想让她看出我是特意来买莲蓬的,因此,我装作没看见,径直往前走。从小姑娘身边经过的时候,我几乎能听见她屏住的呼吸。走了几步,我突然转回身,走到小姑娘面前。小姑娘喜出望外地看着我。我蹲下身,问她,莲蓬怎么卖?小姑娘激动地指着左边的莲蓬说,这个小莲蓬,1元钱一个;又指指右边的莲蓬,这个大一点的,2元钱一个。

我从左右两边各拿起一个,比了比,一个比另一个只是稍大一点。我对小姑娘说,你看看,这个大不了多少,却比另一个贵一倍,是不是有点不合理?小姑娘羞涩地笑了,这是我自己分出来的,如果你真想买的话,大的小的都是1元钱。我也笑了,这样的话,别人就会只买大的,小的就卖不出去了。我给你出个主意,小的还是1元钱一个,大的两个3元钱,你看怎么样?小姑娘高兴地拍着手说,叔叔,你这个主意好,就听你的。我掏出5元钱,买了两个大莲蓬,两个小莲蓬。小姑娘拿出一个小塑料袋,高兴地帮我装了起来。

买好了莲蓬,我并不急着走,继续和小姑娘聊天。我问她,批发这些莲蓬总共花了多少钱?小姑娘擦了一把脸上的汗珠,告诉我说, 22元。总共36个莲蓬,其中大一点的14个,小的22个。顿了顿,小姑娘兴奋地说,如果都能卖出去的话,就是43元,那样的话,我能赚21元。

　　小姑娘一激动,把她的商业秘密全说出来了。我问她,已经卖出去多少了?小姑娘有点沮丧,从早晨卖到现在,才卖掉3个小的,不过,加上你刚才买的4个,总共7个了。我好奇地问她,如果都卖掉的话,你打算用赚来的钱做什么?小姑娘眨巴着眼睛,只有21元,能干什么呢?我可以加上自己攒的零花钱,给妈妈买一件礼物。小姑娘告诉我:"爸爸每天都会给我10元零花钱,但我总觉得太少了,有的家长一天给孩子30元零花钱呢。今天自己卖莲蓬,才知道爸爸妈妈挣钱多么不容易。"小姑娘一边说着话,一边用折叠扇对着莲蓬扇。我笑着问她为什么要对着莲蓬扇,小姑娘笑着说,这样它们能凉快一点啊。小姑娘晒得红扑扑的脸上,细汗涔涔。

　　回到单位,我将莲蓬分给同事们品尝。剥下一颗莲子,送进口中,苦涩中有淡淡的甜。我们议论着小姑娘卖莲蓬的事情。其实,那些莲蓬最终能不能卖得出去,对她来说,都是一次难得的人生体验。

　　另一位同事准备出发,去买莲蓬了。小姑娘不会知道这一切,这是成长的秘密。

早晨从一朵花开始

窗外又传来叽叽喳喳的鸟雀声。

最近一段时间以来,每天一大早,我都是在鸟雀声中醒来的。在城市生活久了,除了公园,很少能够听到鸟声。是什么吸引了这些鸟雀,来到我的窗前?

起床,满怀好奇地来到阳台上。树冠和栅栏上,飞跃着一大群麻雀,还有几只画眉、燕雀,以及我叫不出名字的小鸟,叽叽喳喳地叫着,跳着,闹着,围着一楼的院子,似乎在迫不及待地等待什么。

低头一看,只见一楼的院子里,一大一小,两个身影,正在弯腰忙碌着。我认得她们,她们是刚搬来不久的邻居,一家印度人,听说男主人就在附近的一家软件公司做工程师。正在忙碌的是一对母女。小女孩五六岁的样子,还没有上学,英语说得极好。他们是我们这个小区唯一一个外国人家庭,所以,很快就引起了大家的注意。我虽然就住在他们楼上,却还没有和他们打过什么交道。

她们正在作画。奇怪的是,并不是画在纸上,而是直接画在地上;也不是用笔墨油彩,而是用一种粉末状的东西,均匀地撒开。她们搬来的第二天,我就惊讶地发现,一楼院子的空地上,突然冒出一朵盛开的海棠花。从楼上俯瞰,一层一层的花瓣竞相怒放,丰润、立体、鲜艳。起初我以为是一朵真花,仔细一看,才发现是用彩色的粉末绘制而成。真的很美,使灰色的地面立即显现出生机。但我实在不明白,她们为什么要在地面上画一朵花?第二天,海棠花没了,还是在那块空地上,又出现了一朵红色的牡丹,在两片绿叶的映衬下,牡丹花显得雍容富贵。第三天,牡丹花又变成了一朵米黄色的玫瑰,含苞待放。第四天,是几朵簇拥在一起的梨花……每天,在那块空地上,都会有一朵或一簇花娇艳地盛开,或红、或黄、或粉、或紫,五颜六色,美丽极了。

我好奇地注视着她们,这是我第一次看她们作画。妈妈先用灰色的粉末勾出边来,女儿端着一个陶瓷盘子,跟在后面,小心地撒着彩色的粉末。过了一会儿,一片花瓣展现出它优美的形态,一片叶子伸展出它的经脉。真的太美了,我不由得啧啧赞叹。

听到楼上的动静,母女两人都直起腰,抬头看着我。言语不通,我冲她们竖起大拇指。"您好,先生,我们没打扰您吧?"

没想到，女孩的妈妈竟然会讲汉语，而且说得非常流利。女人看出我的惊讶，解释说，她大学学的专业就是汉语。我冲她们笑笑，你们真了不起，能画出这么美的一朵花！树枝上的鸟雀，叽叽喳喳地叫着，好像在与我一唱一和。

她们继续作画。早晨的空气清新，凉爽，空气中弥漫着淡淡的花香和泥土的气息。我看见楼下的空地上，五片红色的花瓣次第盛开，中间是黄色的花蕊。不知道是一种什么花。我问她们，这是什么花？女人笑着说，木棉花，在我的家乡，这是很常见的一种花。

我犹豫了一下，终于忍不住问出了那个一直困扰我的问题，为什么要在地上作画？女人直起腰，抬头望向远方。她说，这是她家乡的一种习俗，也是一种宗教仪式。她的家在印度北部比哈尔邦一个偏僻、贫瘠的小村庄，有女孩子的人家，每天一大早，女孩子做的第一件事情，就是在自家的门口，用彩色的粉末作画。可以画一朵花，也可以画一棵树，还可以画一座房子。彩色的粉末画，是灰色村庄中最华丽的点缀。

女人指指她手中的盘子说，这个盘子里的粉末，是用稻米和小麦做成的，需要什么颜色，加一点植物的颜料就可以了。

为什么要用粮食的粉末作画呢？我问道。

女人指指栖息在树上的鸟雀说，在我们看来，每一个生命都是不朽的传奇，包括天上的这些飞鸟。用粮食的粉末作画，既装饰了我们的家，又可以让路过的鸟儿填饱肚子。

我们的一天，是从一朵花开始的。女人腼腆而自豪地说。我来到中国已经六七年了,辗转走过几个城市,不管走到哪里,一直保持着家乡的习俗,从未改变。

原来是这样。我由衷地向她们母女点头致敬。小女孩对着树上飞来飞去的小鸟,叽里咕噜地说了些什么,然后拉着母亲的手,向屋中走去。她是要把这朵美丽的花,这个幽静的院子,以及这个清凉的早晨,都让给那些大自然中的精灵吧。

我也轻轻地从阳台退回房间。我看到鸟儿们扑剌剌地飞到那朵花上,我听见它们在欢快地歌唱。

第四辑 26只蝴蝶

也就是从那天开始,她和母亲彻底决裂。她再也没有喊过她一声妈妈。每学期放假的时候,她不是留在学校勤工俭学,就是回到爷爷奶奶家去。

大家都明白,新娘的父母之所以没来参加婚礼,多半是因为她根本就没打算让他们来。

袖子的味道

那天,母亲在厨房忙碌时,手指上不小心扎进了一根竹刺。我赶紧找来针,在火上消毒后,帮母亲挑刺。

印象中,这是我第一次握着母亲的手。如此粗糙。我小心翼翼地将刺一点点挑拨出来。

捏着母亲的手指时,隐隐地飘过来一股什么味道。我凑近一点儿,味道更真切了,是那种很浓的油烟味。通常你突然走进一间陈旧的厨房时,就会闻到那种浓郁的味道。经年的菜油香、猪肉的膻气、大蒜叶子的味道、香葱味、煤气味、焦煳味……全部掺杂在一起,就是这种味道。它是从母亲的袖子里飘出来的。

小时候,最喜欢拉着妈妈的手走街串巷。母亲自然垂下的手背,和我的头顶差不多高。我只要踮起脚尖,鼻子就可以凑到妈妈的袖口了，就能闻见香喷喷的雪花膏的味道。那是多么好闻的香味啊！那时候，妈妈的手温润、光滑，越是寒冷的天，越是红彤彤的，透着可爱。除了雪花膏的味道，妈妈的袖子上还有晚饭的味道，鸭饲料的味道，肥皂味，以及一点点酒香，那是从爸爸端给妈妈的那杯酒里洒落出来的。但我的记忆里似乎只留下雪花膏的味道。雪花膏是妈妈最喜欢搽的东西，很白，很糯，香味经久不散。那是年轻的妈妈留给我的最深刻的记忆。

我已经很久没有闻过母亲袖子上的味道了。从什么时候开始，母亲的袖子上，只留下了如此浓郁的岁月的味道？

一个人的袖子上，会留下独特的味道。这独特的味道里藏着他生命的轨迹。

父亲的袖子上，总是弥漫着很重的劣质烟草的味道。父亲是个老烟枪，他右手的食指和中指，被烟熏得像腊肉的皮，又黄又黑。那时，我们家的日子很艰难，父亲在烟雾中，努力寻找着好日子的方向。大部分烟被他吸进了鼻孔里，这成了他日后老胃病的根源。一部分烟，则顺着他的袖筒，钻进他的衣服里。天冷，薄薄的被子根本抵挡不了严寒，父亲总是将他的旧棉袄盖在我的身上，两只袖子则被拉上来，紧紧地贴在我的脖子周围，将寒风严严实实地挡在了我的身体外面。这也使我的鼻息，总是处在烟味的包围中。他衣袖上难闻的烟味刺激着我，很长一段时间，我很讨厌这种摆脱不掉的味道，但我又难以抵御袖子贴紧后，被包围起来的那种温暖的感觉。后来，父亲病重住院的时候，我偷偷拿起他的袖子闻过，一点烟味也没有了，取而代之的，是各种药丸和中药汤的味道。母亲说,父亲患病后,已经很长时间没有抽过香烟了。他不得不戒了。那一刻,我忽然强烈地希望能从父亲的袖子上闻到一点烟味,将药味掩盖。可是,再也没有这个机会了。

我们的袖子上,会在不经意间,沾染上各种味道,透露出各自的秘密。

一个护士的袖子上,必然弥散着好闻的消毒水的味道。每次去医院输液,将袖子撸起来,伸到穿着白大褂的护士面前;戴着大口罩的护士,也伸过来一只手,擦酒精,另一只手,握着针筒。我喜欢护士白白的袖子上,飘散过来的消毒水的味道,这让我内心宁静,忘却了对疾病的恐惧。

我有一个朋友,是一家饭店的大厨。你可以想见,他的身上,会有多么浓烈的厨房的油烟味。每天下班后,他都会脱掉一身油腻的工作服,再好好洗个澡。可是,无论他走到哪里,人家只要嗅一嗅,就能猜出他的职业来。他换了外套,换了衬衫,甚至换了领带,但羊毛衫袖子上的味道,还是泄露了他的秘密。

一个机修工的袖子上,永远带着一股机油味;一个园丁的袖子上,缀满花香;一个老师的袖子上,必然有粉笔灰的味道;而一个建筑工人的袖子上,除了水泥、砖瓦的粉尘味外,就是一层层汗水结晶后的浓重的汗味……你的职业、爱好、性格、环境,都会在你的袖子上留下痕迹。闻闻你的袖子吧,就像照镜子一样,你可以闻到自己的味道。

孩子的袖子上,总有着暖暖的阳光的味道,那是因为,母亲每天都会将他们弄脏的衣服洗干净,在阳光下晒干。因此,孩子的一天,是从弥漫在衣袖上的爱的味道开始的。

65°角的阳光

阳光穿过云层,越过前面大楼的楼顶,闯进了我们的办公室。天终于放晴了,阴雨连绵十来天,拧一把,每个人的心上都能拧出一大盆水来。

他急匆匆地走到我身边,向我请假,要回一趟家。我看看时间,下午两点一刻。每次,只要天气晴朗,他都会在这个时间,请半小时假,回家转转。我对他的家庭情况不甚了解,只知道他和奶奶生活在一起。他是个孤儿,是奶奶将他一手带大的。如今奶奶年纪大了,一个人在家不放心,常回去看看,无可厚非。好在单位离他家不远,骑车十来分钟就到,所以,每次我都会准假。只是不太明白,他为什么总是选在这个时间回去,而且一定要在天气晴好的日子?

正好要到他家附近的一个单位谈一笔业务。我说,我们一起去吧,你顺便回家看看,然后我们一起去谈业务。

骑着车,穿街过巷,阳光温暖地洒在我们身上。

穿过一条小巷,我们在一幢破旧的居民楼前停了下来。四周都是高楼大厦,使得这幢老楼显得特别矮小,前面高楼的影子将老楼完全罩住了。他说,我家就住在这里,进去坐坐?

我点点头。

走进楼道,眼前骤然一暗,眼睛一时半会儿没适应过来。

上到二楼,他掏出钥匙,开了门。屋里光线昏暗,里屋传来一个老太太的声音:"是彬啊,你回来啦?"彬是他的名字。他大声应答着:"奶奶,是我!还有我的领导,也顺路来看看你。"

他招呼我在客厅坐下,便匆忙走进房间,抱了一床被子,走到阳台上。然后,又回到房间,搀扶着一位老太太,慢慢地走了出来。我站起身,向老人问好。老人颤巍巍地笑笑。

他将老人搀到阳台上,我赶紧过去帮忙。逼仄的老式阳台上摆着一张躺椅,躺椅上铺着一床棉被,几乎将整个阳台占满了,边上放着几盆花草。他将老人扶到躺椅上,躺下。我惊诧地看到,一道阳光正好洒在躺椅上,那是从前面两幢高楼的缝隙间照射过来的。老人眯着眼睛,笑着说,老天终于放晴了,今天的太阳真好啊。

他帮老人掖好被子:"天气预报说,后面几天都是晴天呢。"

老人把手遮在额前,说:"那敢情好啊。好了,彬,你快去上班吧。"他趴在老人的耳边说:"等会儿你自己回房间时,小心点啊。"

告别老人，走出楼道，他忽然站住了，和我聊了起来。他说，因为前面的楼太高，阳光都被遮挡住了，每天只有下午两点半到三点半这短短的一小时，才能透过一点阳光，照到阳台上。这段时间的阳光，与地面的角度正好为65°。他说，奶奶年纪大了，身体不太好，腿脚也不灵便，不能下楼晒太阳了，所以，只要是晴天，他就会回家，帮奶奶在阳台上放好躺椅，铺好被子，然后把奶奶扶到阳台上，让老人家躺着晒晒太阳。

原来是这样。我重重地拍拍他的肩膀。曾经有段时间，我对他经常上班中途请假还颇有微词。难得他这么孝顺，是我错怪了他。

他叹口气，告诉我，小时候，他家前面的大楼一幢幢拔地而起，唯独他们这幢老楼，一直未被拆迁。高高的大楼，将他们家整个笼罩在阴影中，几乎常年见不到阳光。晾晒的衣服，基本上是阴干的。时间一久，整幢老楼都散发出一股潮湿的霉味。但是很奇怪，冬天他盖的棉被，却总是暖暖的，蓬蓬松松的，弥漫着一股阳光的味道。后来他才知道，只要天气晴朗，奶奶都会准时赶回家，将他的棉被拿到阳台上晒晒。太阳在他家阳台逗留的时间只有短短的一个小时，所以，奶奶拿去晒的，总是他的棉被。那时候，奶奶刚退休，帮人家做钟点工，她对雇主说，她只有一个请求，就是有太阳的日子，下午两点半钟，让她回一趟家。

他的眼睛，湿湿的。他说，小时候，他穿的衣服总是干干净净，从他身上，你几乎嗅不到一点老楼阴冷发霉的气息。他说，奶奶把所有能照到他们家的阳光，都存到他的衣服和被子上了。

他坚定地挥挥手，说，我最大的目标，就是尽快买一幢能经常见到阳光的房子，让奶奶在阳光下安享晚年。

我相信他能做到。

此时，前面那幢大楼的影子，已经完全笼罩了这幢老式的居民楼，但我分明看见，有一束光，把他的心照亮了。

和父亲坐一条板凳

上大学后的第一个暑假,回到家中,坐在墙根下晒太阳的父亲,将身子往板凳的一边挪了挪,对我说,坐吧。印象里,那是我第一次和父亲坐在同一条板凳上,也是父亲第一次喊我坐到他的身边,与他坐同一条板凳。

家里没有椅子,只有板凳,长条板凳,还有几张小板凳。小板凳是母亲和我们几个孩子坐的。父亲从不和母亲坐一条板凳,也从不和孩子们坐一条板凳。家里来了客人,父亲会起身往边上挪一挪,示意客人坐下,坐在他身边,而不是让他们坐另一条板凳,边上其实是有另外的板凳的。让来客和自己坐同一条板凳,不但父亲是这样,村里的其他男人也是这样。让一个人坐在另一条板凳上,就生分了。据说村里有个男人走亲戚,就因为亲戚没和他坐一条板凳,没谈几句,就愤然起身,拂袖而去。他觉得亲戚明显是看不起他。

第一次坐在父亲身边,其实挺别扭的。坐了一会儿,我就找了个借口,起身走开了。

不过,从那以后,只要我们父子一起坐下来,父亲就会让我坐在他身边。如果是我先坐在板凳上,他就会主动坐到我身边,而我也会像父亲那样,往旁边挪一挪。

工作之后,我学会了抽烟。有一次回家,与父亲坐在板凳上闲聊,父亲掏出烟,自己点了一根。忽然想起了什么,犹豫了一下,把烟盒递到我面前,说,你也抽一根吧。那是父亲第一次递烟给我。父子俩坐在同一条板凳上,闷头抽烟。烟雾从板凳的两端升腾起来,有时候会在空中缠绕、交织在一起。坐在板凳上的两个男人,却很少说话。与大多数农村长大的男孩一样,我和父亲的沟通很少,我们都缺乏这个能力。在城里生活了很多年,每次看到别人家父子俩在一起亲热打闹的场景,我都羡慕得不得了。在我长大之后,我和父亲最多的交流,就是坐在同一条板凳上,相顾无言,默然枯坐。坐在同一条板凳上,与其说是一种沟通,不如说更像是一种仪式。

父亲并非沉默寡言之人。年轻时,他当过兵,回乡之后当了很多年的村干部,算是村里见多识广的人了。村民们有了矛盾,都会请父亲调解。双方各自坐一条板凳,父亲则坐在他们对面,听他们诉说,再给他们评理。调解得差不多了,父亲就指指自己左右两侧,对两人说,你们都坐过来嘛。如果三个男人都坐在一条板凳上了,疙瘩也就解开了,母亲就会适时走过来喊他们吃饭、喝酒。

结婚之后,有一次回乡过年,我与妻子闹了矛盾。妻子气鼓鼓地坐在一条板凳上。我呢,闷闷不乐地坐在另一条板凳上。父亲坐在对面,母亲惴惴不安地站在父亲身后。父亲严厉地把我斥责了一通。训完了,父亲恶狠狠地对我说,坐过来!又轻声对妻子说,你也坐过来吧。我坐在了父亲左边,妻子扭扭捏捏地坐在了父亲右边。父亲从不和女人坐一条板凳的,哪怕是我的母亲和姐妹。那是唯一一次,我和妻子同时与父亲坐在同一条板凳上。

在城里终于有了自己的房子,我请父母进城住几天。客厅狭小,只放了一对小沙发。下班回家,我一屁股坐在沙发上,指着另一只沙发对父亲说,您坐吧。父亲走到沙发边,犹豫了一下,又走到我身边,坐了下来,转身对母亲说,你也过来坐嘛。沙发太小,两个人坐在一起,很挤,也很别扭,我干脆坐在了沙发的扶手上。父亲扭头看了我一眼,忽然站起来,说:"这玩意儿太软了,坐着不舒服。"只住了一晚,父亲就执意要和母亲一起回乡下去,说田里还有很多农活。可父母明明答应这次要多住几天的。后来还是妻子提醒了我,一定是我哪儿做得不好,伤了父亲的心。难道是因为我没有和父亲坐在一起吗?不是我不情愿,真的是沙发太小了。我的心,隐隐作痛。后来有了大房子,也买了三人坐的长沙发,父亲却再也没有机会来了。

父亲健在的那些年,每次回到故乡,回到家中,我都会主动坐到他身边,和他坐在同一条板凳上。父亲依旧很少说话,只是侧着身听我讲。他对我的工作特别感兴趣，无论我当初在政府机关工作，还是后来调到报社上班，我讲什么，他都听得津津有味。虽然对我的工作，他基本上不太了解。有一次，是我升职之后不久，我回家报喜，和父亲坐在同一条板凳上，年轻气盛的我，一副春风得意、踌躇满志的样子。父亲显然也很高兴，一边抽着烟，一边听我滔滔不绝地高谈阔论。当我兴致正浓时，父亲突然站了起来，板凳一下子失去了平衡，一端翘了起来，我一个趔趄，差点儿摔倒。父亲一把扶住我，说，你要坐稳喽。不知道是刚才的惊吓，还是父亲的话，让我猛然清醒。这些年，虽然换过很多单位，也做过一些部门的小领导，但我一直恪守本分，这完全得益于父亲给我上的那难忘的一课。

父亲已经不在了，我再也没有机会和父亲坐在同一条板凳上了。每次回家，坐在板凳上，我都会往边上挪一挪，留出一个空位，仿佛父亲还在我身边。我们父子俩，还像以前一样，不说一句话，只是安静地坐着，任时光流转。

谁关注你的背影

母亲从乡下来到杭州。他从火车站接上母亲,穿过车站广场,向停车场走去。母亲年纪大了,走得慢,虽然他放慢了脚步,但母亲还是落在了后面。

上了车,母亲忽然心疼地对他说,你的背怎么有点驼了?是不是趴在桌子上太久了?他是做文字工作的,每天都要伏案工作10个小时。他笑了笑,没关系的。母亲轻声说,可你爸在你这个年纪的时候,腰杆还挺得很直呢,你要照顾好自己啊!

父亲去世已经8年多了。记忆中的父亲,印象最深刻的,是他生命中的最后时光。他躺在病床上,蜷缩成一团,身体干瘦,脸色蜡黄,了无生气。但只要子女来到病榻前看望他,他就会强撑着坐起来,面带笑容。父亲的背影,他还真记不大清了。从小他就喜欢走在前面，大步流星，或者像风一样奔跑。总能听到父亲或者母亲，在他身后大声地提醒：慢点儿，慢点儿。因为总是跑在前面，他很少看到父母的背影。有时看到了，也根本不去留意。

父亲的背影，到底是怎样的？他一边开车，一边努力地回忆。脑海中浮现出父亲忙碌的身影，却没有一个完整的背影。他看了一眼后视镜，与坐在后排的母亲，目光碰到了一起。母亲一直在盯着他看，盯着他的背影看。

他的心猛地颤抖了一下。

人到中年的他，发觉自己不知道从什么时候开始，变得喜欢怀旧，变得多愁善感了。

脑海中突然闪现出一个背影，是儿子的。

那是去年秋天，他和妻子送儿子去成都上大学。陪儿子办好了入学手续，在学校门口，他们和儿子告别，儿子转身向校园走去。这时，一辆开往火车站的公交车来了，他叫妻子赶紧上车，妻子却一动不动，目不转睛地盯着一个地方。他循着妻子的目光看过去，在来来往往的人群中，他一眼就看到了儿子瘦削、高大的背影。公交车开走了。他和妻子一直目送儿子的背影消失在小路尽头。儿子一直没有回头。他看到妻子的眼里噙着热泪。妻子叹了口气，心疼地说，儿子太瘦了，你看他的背影，像根电线杆似的。

儿子不会知道，父母一直站在他的身后，默默地注视着他渐行渐远的背影。

儿子留在他脑海中的背影，像无声电影般回放。

从儿子蹒跚学步开始，他和妻子，似乎就已习惯了他的背影。儿子学步那会儿，他小心翼翼地跟在儿子身后，随时张开双臂，以防儿子绊倒。儿子会跑步了，他一路小跑地跟在后面，不时地提醒儿子，注意脚下。看着儿子轻快矫健的背影，他露出了开心的微笑。儿子上学了，他每天将儿子送到学校门口，目送儿子背着书包走进校园，他才放心地离开。儿子高考的时候，他答应儿子，不去送他，以免给他增加压力。他和妻子站在窗前，看着儿子走出小区，直到他的背影完全看不见为止。

他知道，随着儿子一天天长大，留给他和妻子的，将是更多的背影。

他忽然意识到，作为儿子，他却很少关注父母的背影。他总是走在前面，他像自己的儿子一样，把背影留给了父亲母亲。

车开进小区，他打开车门，搀扶母亲下车。路上，他故意放慢脚步，走在了母亲的后面。母亲70多岁了，腰板还行，但是步履已经蹒跚。母亲真的老了。

母亲突然回头。他揉揉眼睛，加快了脚步，和母亲一道缓缓地向家走去。

有时候，人生需要回一回头。只有在回首时，你才会看清身后那个默默注视着你的人，在他（她）的目光里，找到爱的归宿。

总是站起来的那个人

一家人围坐在餐桌旁,吃饭。

母亲是最后一个坐上桌的,她总是最后一个才上桌。做好了饭菜,又将饭菜一碗碗端上桌,连筷子都摆好了,这才高声喊我们:"开饭了!"于是,一家人从各自的房间里走出来,围坐在餐桌旁,一边吃着热乎乎的饭菜,一边聊一些五花八门的话题。

我们习惯了这样的生活,这样的生活已经持续了几十年,好像与生俱来就是这样的。

话题是聊不完的。儿子在学校里的新鲜事;妻子单位里的同事哪个又结婚了,哪个又离了;妹妹的生意,永远像股市一样波澜壮阔;我的写作进度,还是像老驴拉磨……在所有人中,儿子抛出的话题,常常获得最高的关注度;难得发言的是母亲,她端着碗，眼睛盯着讲话的人，几乎插不上一句嘴。

忽然有人喊，汤勺呢？闻声一看，鸡汤盆里，飘浮着缕缕香气，却没有汤勺。母亲赶紧放下碗筷，站起身，笑着说，你瞧我这记性，又忘记拿汤勺了。她的神情，像个犯了错的孩子。母亲迈着碎步，走进厨房，拿来了汤勺。

大家继续吃饭。儿子突然一拍脑袋，给我们讲了一个班级里发生的笑话。笑话一点也不可笑，但我们还是很配合地笑得前仰后合。

儿子高兴得手舞足蹈，不小心将筷子碰到了地上。儿子弯腰捡起筷子，我正准备让他自己去厨房再换一双，母亲已经放下碗筷，站了起来，去厨房又拿了一双干净的筷子来，递给儿子。儿子接过筷子随口说了声，谢谢奶奶。母亲笑得眼睛眯成了一条缝："这孩子，跟奶奶客气啥啊！"

大家埋头吃饭，有人夹起一口菜，嘀咕了一句："好像有点凉了。"

是啊，外面天寒地冻，这么冷的天，难怪饭菜吃着吃着，就凉了。

母亲忙站起身："我去热一下。"说着，端起两盘炒菜，走进了厨房。厨房里随即传来"刺啦"声。不一会儿，母亲就端着两盘热气腾腾的菜，回到了餐桌旁。大家都将筷子伸向那两盘热菜，真好吃……

"丁零零！"突然，家里的电话响了起来。我正准备起身去接，母亲已经站了起来："你们快趁热吃饭，我去接电话。"

母亲的饭碗，搁在桌上，已经看不到一丝热气。我突然意识到，仅仅一顿饭的工夫，母亲已经站起来三四次了。饭桌上，母亲就像时刻绷紧了弦的士兵一样，随时准备站起身来。

母亲一次次站起来，是想让我们安安心心地吃顿饭啊。

你如果留意一下，就会发现，其实在每个家庭的饭桌上，都有这样一个人：当厨房的水烧开了，当菜凉了需要再热一下，当电话铃声响起，当有人需要餐具或调料……他（她）总是及时站起身来。这个人，不是我们的母亲，就是父亲。

总是站起来的那个人，是用无私的爱悉心呵护我们的人。

世界那么大，陪父母去看看

母亲从老家来，我在火车站接到母亲后，准备一起乘公交车回去。公交车很方便，可以直接坐到家门口。没想到，母亲却说，我在电视上看到，杭州的地铁开通了，我们能不能坐地铁回家？我摇摇头，坐地铁的话，中途还需要转公交车才能到家，反而麻烦。母亲怅然若失地"噢"了一声。我笑着对母亲说，再过几年，我家门口也会通地铁的，市政规划方案已经公布了。母亲叹了口气："不知道我还能不能等到那一天。"

我的心颤抖了一下，嗔怪她不该这样说。但我猛然意识到，母亲已经70多岁，是个真正的老人了。我琢磨母亲为什么突然提到地铁，也许是她老人家想坐坐地铁？我对母亲说："妈，我们坐地铁回家。"母亲的眼睛亮了一下，嗫嚅了半天说："坐地铁还要转车,不方便,还是算了吧。"我说:"虽然得转车,但地铁比公交车快。"

火车站和地铁站是相连的,母亲紧紧地跟着我,向地铁站走去。说实话,虽然杭州的地铁已经开通一年多了,但我还从来没有坐过。母亲欣喜地四处张望,不时惊叹于地铁站的设计:"这么宽敞,这么漂亮,这真的是在地下吗?"

地铁开动了,母亲坐在座位上,身体侧扭着,贴着车窗玻璃往外看。母亲忽然转过身,神秘地贴着我的耳朵,压低嗓门说:"外面黑咕隆咚的,什么也看不见,真的是在地下呢,现在的人真了不起。"母亲说话的语气,像孩子一样激动而腼腆。

我一直陪母亲坐到了终点站。我们应该中途下车,去转公交车,但我想让母亲多体验一下乘坐地铁的感觉。那天,我第一次发现母亲像个孩子。

一次和几个朋友闲聊,我讲起陪母亲乘坐地铁的故事。朋友大刘听后,也讲了一个关于地铁的故事。

有一次,他的父亲从乡下来,本来讲好他去接站,因为临时有事,他实在走不开,只好打电话让父亲下了火车后,自己坐地铁回来。他家就在一个地铁站附近,很方便。

大刘在外面办完了事,匆匆赶回家中,奇怪的是父亲竟然还没到。打父亲的手机才知道,父亲下了火车后,走到地铁站口,犹豫了半天,又怯怯地退了出来。他从来没坐过地铁,不知道怎么买票,不知道怎么刷卡进站,不知道怎么上车,不知道乘坐开往哪个方向的车,想问人吧,又怕自己说的方言别人听不懂,思来想去，终于没敢坐地铁。

大刘心酸地说，原以为乘坐地铁是极平常的一件事情，没想到，对年迈的父亲来说，却是一件非常艰难的事情。第二天，他就陪父亲坐了一次地铁。老父亲像个孩子一样，好奇地跟在他身后，认真地看他是怎么买票的，又是怎么刷卡的。后来，老爷子还一个人偷偷去坐过几次地铁。

大家都感叹不已。我们的父母老了，在飞速发展的时代面前，他们落伍了。很多东西，他们没有见过，没有吃过，没有玩过，甚至没有听说过。他们的愿望很简单，只是他们的愿望就像尘埃一样被忽略，轻轻地随风飘散。

一个朋友说，自己的父母从来没有走出过大山，连火车都没见过，他们最大的愿望，就是坐一次火车。

另一个朋友说，他的父亲已经去世了，母亲最大的愿望是看一看大海。他的父母原本说好等儿子的工作稳定了，就来看看儿子，顺便去舟山看看大海。没有想到父亲却突然撒手人寰。母亲的年龄越来越大，身体每况愈下，她还有机会看到大海吗？

一个朋友说，自己的爸爸妈妈一辈子都没有坐过飞机，她想好了，一定要带他们坐一次飞机。这个计划已经酝酿了很长时间，可惜因为这样那样的原因，一直未能付诸行动。"今年"，朋友坚定地说，"就在今年，一定要完成这个心愿。"

她的话，引起大家的共鸣，在座几个朋友的父母，竟然都没有坐过飞机。大家相约，找个时间，把各自的父母接到杭州来，让老人们坐着飞机去旅行。

陪父母去坐一次地铁吧，陪父母去坐一次飞机吧，陪父母去坐一次游轮吧，陪父母出一趟远门吧。世界那么大，陪父母去看看。

　　爱，经不起等待。

爱的移位

每晚,儿子都要回家,看望独居的老父亲。

儿子摸摸藤椅,轻轻摇了摇,藤椅发出"吱呀吱呀"的声响。儿子弯腰检查,发现藤椅一条腿上的藤条松了。每次回家,儿子都要仔细地检查一番,看看老父亲坐的椅子,是不是结实;门把手,是不是牢固;柜子,是不是稳定。父亲老了,即使在家里走动,也得依靠那些能够随手抓到的东西,使一把劲。他得确保家里的每一件东西都稳固、结实,以免老父亲使用时发生意外。这把藤椅是父亲最喜欢坐的椅子,他喜欢坐在上面读读报纸,看看电视,打个盹儿,发个呆,想想去世的老伴……在儿子的印象中,老父亲大把大把的时间,都是在藤椅上度过的。藤椅陪伴了他二三十年,也许更久。现在它有点松了,不像以前那么牢固了。儿子赶紧找来工具，先用铁丝将藤椅的腿绑牢，然后用旧衣裳撕成的布条，一层一层地缠起来，直到确认它像以前一样结实了，他才住手。

若干年前，父亲还很年轻。年幼的儿子调皮得很，把任何东西都当作他的玩具，小椅子也不例外。害怕椅子太重，砸伤儿子的脚，年轻的父亲特地找来质地最轻的梧桐木，做成了几把椅子和一张小桌子，并且耐心地将每个角都磨圆，这样，即使孩子不小心碰到桌角，也不会受伤。

儿子走进书房。父亲一辈子爱书，将整整一堵墙都打成了书架，摆满了各种各样的书籍，老父亲现在还经常会找几本书来读。每隔一段时间，儿子就会帮父亲整理一下书架，将父亲经常翻看的一些书籍移到书架的下层，这样，父亲拿起来方便，就不用登高去翻找了。父亲的年龄越来越大，每登高一次，就多一次危险。为了防止老父亲爬高，儿子将家里的东西都尽量往下移，移到伸手可及的地方，这样，老父亲需要什么，随手打开柜子，就可以拿到了。可是，倔强的老父亲，有时还是会偷偷地站在凳子上，找这找那。这让儿子非常担心，他几次"严厉"地"警告"父亲，若是再登高找书的话，他就将书架上面几层封死。

若干年前，儿子从蹒跚学步到自如地奔跑跳跃，正一天天地茁壮成长。儿子给这个家，带来了无穷的欢乐。但是，这个调皮的男孩，也因此造成了一次次险情。好奇心驱使他不断地探求未知的事物，什么东西都要摸一摸，什么东西都想玩一玩。为了不伤到他，年轻的父亲只能将家里所有易碎的物品和危险的东西藏到高处：放在茶几上的玻璃杯，移到柜子上；摆在桌上的花瓶，挪到橱柜顶上；开水瓶藏在厨房灶台的最里边。可是，这一切反而更激发起孩子的好奇心，年轻的父亲越是将东西往高处藏，孩子越想看一看。他趴在桌子或柜子边沿，踮起脚尖，再踮起脚尖，然后，伸手去探，去摸，去捞，去钩……"啪！"一个玻璃杯碎了；"哗啦！"一个装满东西的盒子摔到了地上……年轻的父亲看着孩子顽皮的模样，又好气又好笑，佯装"严厉"地"警告"他，再淘气就打屁股。其实他从没有打过孩子，他怎么能够扼杀孩子的好奇心呢？

将家里认真检查了一遍之后，儿子来到客厅，在沙发上坐了下来。老父亲正在看一部重播的古装历史剧，他对这种古装戏毫无兴趣，但他还是会每晚陪父亲观看一集。有一次，老父亲对打着盹儿的他说："你累了，赶紧回去休息吧。"他惊醒了，对老父亲说："回去只能陪她看煽情的肥皂剧，您就让我在这儿多看一会儿吧。"老父亲乐了："女人都这样，你娘在世时，不也喜欢看那些肥皂剧吗？你要让着她点儿。"儿子点点头。儿子和老父亲，继续"有滋有味"地看着电视。

若干年前，儿子上中学了，学业的压力越来越大，应试、升学，将全家人脑子里的弦绷得紧紧的。特别是高考前的那段时间，家里的空气沉闷得就像炸药包，随时都会被引爆。已步入中年的父亲和母亲，在家里走路都是踮着脚尖的，生怕轻微的响动，影响了紧张复习的孩子。某一天，儿子惊讶地发现，家里的电视机已经很久没有打开过了，他问父亲："你们怎么不看电视了?"父亲轻描淡写地说:"电视节目越来越庸俗,越来越无趣,看了只会让人生气,不如不看。"儿子信以为真。直到他高考结束那天,家里的电视机才重新上岗,父母的笑声才重新响起。

夜已深,儿子将老父亲扶到床上,轻轻道了声"晚安"。

若干年前,每个寒冷的冬夜,父亲都要披衣起床,蹑手蹑脚地走进儿子的房间,将儿子蹬掉的被子掖好。儿子翻了个身,又沉沉地坠入甜美的梦乡。这一切,他浑然不知。没有人对他说过。他不知道的事情,还很多很多……

有一种爱叫相依为命

35岁的熊明强,是躺在母亲的背篓里长大的。

熊明强是家里的第一个孩子,他的出生给这个贫穷的家庭带来了短暂的欢乐,紧接着命运就把他们推向了苦难的深渊。因为先天畸形,他的四肢没有骨骼,这意味着他永远长不大,永远不能走路。35岁了,他的身高只有80厘米,体重只有26公斤。

每天无论是下地干活,还是上街串门,65岁的老母亲,都会将熊明强小心翼翼地放进背篓,背在身上,然后一起出门。在重庆巴南区南彭镇鸳鸯村泥泞坎坷的山路上,人们经常能够看见这样一幕:一位身穿蓝色粗布外套、脚穿解放鞋,身体瘦弱的老妇人,背着一个竹背篓,缓慢而吃力地走在路上。背篓里装着一个三十岁左右身高却只有几十厘米的男子。

躺在母亲的背篓里，熊明强看到最多的，是母亲的后脑勺。有一天，他惊讶地发现，母亲头上出现了第一根白发，那是连母亲自己都没有注意到的。这个发现，让他难过不已。那时候，母亲还非常年轻，村里与母亲年纪相仿的女人，个个都明艳动人。他想帮母亲拔下那根白发，母亲却摇摇头。就像夜里骤然而至的大雪一样，短短几年，母亲的头发就突然变得花白了，像霜打的一样。他已经数不清那些白发究竟有多少根了，他很伤感。母亲反而笑了，天下还有哪个儿子，会留意到自己妈妈头上的第一根白发呢？

躺在母亲的背篓里，熊明强明显地感觉到，母亲的背篓，在慢慢地倾斜。他的重量，加上背篓的重量，接近60斤。这个重量，一个成年男子背着都会感到吃力。以前，母亲背着他下地干活，要走很远的山路，走着走着，母亲的腰就会慢慢弯下来。母亲的腰一弯，他就知道，母亲已经不堪重负。他会请求母亲将背篓放下来，休息一会儿。这时候，他会用双手，帮母亲揉揉肩膀。坐在背篓旁的母亲，脸上露出疲惫而幸福的笑容。可是现在，背篓刚背到肩上，就开始倾斜了。他知道，这是因为母亲的脊梁，已经弯曲了。母亲年纪大了，她的腰杆不再像从前那样挺直了。这让他愧疚不已，是自己将母亲的腰背压弯了啊。母亲却总是很欣慰的样子，天下还有哪个儿子，会留意到自己妈妈的背，是从什么时候开始弯曲的呢？

熊明强从小就很少喝水，每次下地干活之前，母亲都会让他多喝点水，免得在田头口渴，但他总是摇摇头。从小他就不大喜欢喝水。因为他知道，自己多喝一口水，母亲的背篓就会多一口水的重量。

常年背着沉重的背篓，母亲习惯了低头走路。熊明强就会从背篓里伸出头，帮母亲看一看前面的路，有个沟，有道坎，有根树枝什么的，他都会提醒母亲。坐在背篓里，看着母亲埋头在田里干活，熊明强会经常抬头看看天，如果有乌云压过来了，他就会大声提醒母亲，赶紧找地方躲躲雨；如果正午的太阳，把自己的影子缩进背篓里了，他就告诉母亲，该回家做午饭了。

35年了，母亲已经背坏了20多个背篓。不论走到哪儿，母亲都背着她的背篓和背篓里的儿子，还有属于她的命运。

年迈的母亲，已经忘却了这是苦难。她艰难地弯下腰，背起背篓，走在崎岖的山路上，那是回家的路。

儿子躺在背篓里，和她说着话。这让她感到一丝满足，儿子和她相依为命，这也是上天的礼物啊。

"棺材"里的鼾声

他恨不得往自己的嘴巴里塞个臭袜子,以阻止那该死的鼾声。

但是,没有用。只要一搭上眼皮,不出30秒,他就能睡着。一天的活做下来,他累成了一摊烂泥。而只要一睡着,同样不出30秒,他就会打起如雷的鼾声。

在乡下的家里,这不算什么。老婆还活着的时候,听不到他的鼾声,她还睡不踏实呢。可是,现在是在城里,在租来的房子里。为了儿子,他租了这间房子,房租差不多是他半个月的工钱。儿子争气,考上了城里的重点高中,今年升高三了。以前,每天早晨,他和儿子各自骑辆破旧的自行车进城,儿子去上学,他去打工,晚上,再各自骑着自行车回到乡下,单程需要一个多小时。还有几个月就要高考了,到了最后冲刺的时刻,儿子提出能不能在学校附近租个房子，把浪费在路上的时间节省下来，多复习一会儿功课。他答应了儿子的要求。

本来计划让儿子一个人住，但儿子心疼他，不想看着他辛苦地来回奔波。"爸，你跟我一起住吧，顺便给我做做早饭。"儿子说。

房间里只有一张床，他让儿子睡在床上，自己挨着墙脚打了个地铺。为了不打扰儿子，他用硬纸板做了个隔断，这样，儿子就可以在隔断那边安静地看书了。每个夜晚，儿子都要学到凌晨十二点多，第二天早晨不到六点就得起床。几天下来，他发现儿子的黑眼圈加重了，总是哈欠不断。他心疼地提醒儿子不要太拼命，晚上早点睡。儿子嗫嚅了半天，轻轻地说出了原因："你晚上鼾声如雷，我睡不着。好不容易睡着了，又经常被你的鼾声惊醒。"

他难过极了，愧疚极了。在这么关键的时刻，可不能让自己的鼾声，影响了儿子的休息。

可是，怎么办呢？只要一躺下，他就会睡着；只要一睡着，他就会打呼噜。看来，必须等儿子先睡着，自己再睡。每天晚上，总是等儿子熄了灯，上了床，估摸着儿子该睡着了，他才敢躺下来，合上眼皮。有时坐着坐着，他就会打起盹儿，然后被自己的鼾声惊醒，这时候他就会生气地拍打自己的脸，或者拧拧大腿。这样坚持了几天，他看见儿子的黑眼圈还是很重。在他的再三追问下，儿子道出了实情，半夜还是会被他的鼾声惊醒。

他跟儿子说，我还是每天骑车回乡下去，一早赶来帮你做早饭吧。儿子坚决不同意："爸，你白天干活已经很累了，不能来回折腾，那样会累垮的。"儿子越懂事，他越自责。思来想去，唯一的办法就是那个隔断能隔音，这样，自己的鼾声就不会打扰儿子了。

他向工友请教，得知最简单易行的办法，就是将泡沫板粘在硬纸板做的隔断上，这样可以起到一定的隔音效果。泡沫板很便宜，他花了几十元，就完成了对隔断的改造。儿子笑着说，隔音效果好多了。但是，他发现儿子的黑眼圈一点没少。夜里躺在地铺上，他能清晰地听见儿子翻身的声音。他意识到，这个办法还是不行。他努力支撑着拼命想合上的眼皮。

那天，在工地食堂吃饭，电视上出现了一个送葬的镜头，他忽然有了主意。他向老板讨要了几块装材料的旧木板，回到租来的那间小屋，靠着墙角，乒乒乓乓地钉了起来。他费了九牛二虎之力，造出一个棺材似的盒子。他将剩下的泡沫板粘到木板上，又在盒子底部铺了几床旧棉絮。然后，他弓着腰，吃力地从一个小洞钻了进去。里面黑黢黢的，安静极了。他在里面躺了下来。

儿子下晚自习回来了。他从里面探出头，对儿子说："我打几声呼噜，你听一听，看能否听见。"他的喉咙里发出很响的声音。儿子说："听不见。"看着他从里面探出来的脑袋，儿子带着哭腔说："你这是干什么啊！"

他憨憨地笑着说："这下好了。儿子，你终于能睡踏实了，我也能睡踏实了。"

那天晚上，他躺在自己做的黑漆漆的"棺材"里，放心地合上了眼皮。

他太累了，他做了个好梦。

26只蝴蝶

在欢快的婚礼进行曲中,一对新人,手挽着手,向礼堂中央的舞台,缓缓走去。新娘是我的同事,我们有节奏地拍着手,为他们送上诚挚的祝福。

这是一场普通的婚礼,一切都按照既定的程序,有条不紊地进行。司仪请双方的父母,从席位上站起来,接受新人的叩拜。一对中年夫妇满脸微笑地站了起来,他们是新郎的父母。"请新娘的父母亲也站起来,好吗?"司仪又喊了一声。人们将期待的目光,投向主桌。没有人站起来。司仪尴尬地和新娘耳语着什么。

新娘的脸腾地红了。她犹豫了一下,从司仪手里拿过话筒,说,我的家乡远在几百公里之外的大山里,我的……我的父……父母因为身体原因,不能来参加我的婚礼……

新娘来到我们单位，已经3年多了，我从来没有见过她的家人，也没有听她谈起过老家的父母，只是从其他同事口中，偶尔听到过一点关于她家的事情。在她很小的时候，她的父亲就因病去世了。患有小儿麻痹症的母亲，靠在集镇上摆修鞋摊熬日子，苦苦地将她拉扯大。18岁那年，她考上了大学。她是自己家族，也是全村的第一个大学生。就在她上大学后不久，却传来一个让她无比震惊的消息，妈妈要和隔壁修自行车的老王头结婚了。老王头她是认识的，也是一个残疾人，对妈妈和她都很好，这些年给予她们母女很多照顾。她并不讨厌他，甚至还有一点点喜欢他，可是，让妈妈改嫁给这么卑微的一个人，却是她无论如何也无法接受的。她不明白，妈妈拉扯着她，这么多年都咬着牙熬过来了，为什么就不能再熬几年？她早就想好了，等她大学毕业找到了工作，就将妈妈接到城里，一起过好日子……她强烈地反对这桩婚事。一向温顺的母亲，第一次没有理会她的态度，坚决地和老王头生活到了一起。也就是从那天开始，她和母亲彻底决裂。她再也没有喊过她一声妈妈。每学期放假的时候，她不是留在学校勤工俭学，就是回到爷爷奶奶家去。

大家都明白，新娘的父母之所以没来参加婚礼，多半是因为她根本就没打算让他们来。

这时候，新郎忽然从新娘手中拿过话筒。他注视着新娘，转身对大家说，尽管我的岳父岳母没能来参加我们的婚礼，但他们送来了一件珍贵的礼物和他们的祝福。

新娘诧异地看着新郎。新郎笑笑，接着说，前几天，我一个人开车去你家了。请你原谅，我一直没有告诉你。新郎接着说，我的岳父岳母最近身体的确不太好，经受不了长途奔波，所以，他们无法来参加我们的婚礼。不过，在我临走前，他们送给我一件极其珍贵的礼物。

有人托着一个竹篓似的东西走上台去。竹篓外面，罩着一层鲜艳的红布。新郎轻轻揭开竹篓上的盖子，忽然，从里面飞出一只彩色的蝴蝶，在竹篓边盘旋了一圈，扇动着翅膀，向空中飞去。紧接着，又有一只蝴蝶飞了出来。第三只，第四只……

人群中爆发出阵阵惊呼声："太美了，真漂亮啊！"姑娘们尖叫着，几个调皮的小孩子跳起来，试图捉住空中的蝴蝶，蝴蝶奋力振动翅膀，向更高处飞去。

新郎凝望着新娘，说，这是我的岳父从村后的山坡上一只只捉来的，每一只的颜色都不相同。在我去之前，岳父就已经准备好了这些蝴蝶，一共是26只，代表我妻子度过的26年光阴。他们没有想到我会回去，他们原本准备在我们结婚这天，在家里放飞这些蝴蝶。我告诉大家一个秘密，这是我的岳母告诉我的，我妻子的小名就叫蝴蝶。她是大山里飞出的最美丽的一只蝴蝶。

台下响起热烈的掌声以及玻璃酒杯碰撞的声音。不知道从什么时候开始，新娘的脸上，挂满泪花。新郎掏出手绢，帮新娘轻轻擦拭。我还有一个请求，新郎说，取消蜜月旅行计划。新娘不解地看着新郎。新郎继续说，去你家度蜜月。大山里的空气特别清新，令人沉醉。而且，我想和你一起去看看大山里的蝴蝶。新娘含着眼泪，点了点头。

婚礼现场再次爆发出热烈的掌声。司仪一把夺过话筒，请新人叩拜新郎的父母，还有远方新娘的父母……

有人打开酒店的窗户，蝴蝶一只接一只，向窗外飞去，向大山飞去。

父亲都是艺术家

作文本收上来了,他在昏黄的灯光下,一本本批改。

这次,他给学生布置的作文题目是"我的父亲"。他觉得,这些来自农村,跟随打工的父母来到城市的孩子,对于自己的父母并不了解。尤其让他担忧的是,有的孩子甚至瞧不起自己当农民工的父母,内心深处有一种深深的自卑感,认为城里孩子的父母气质优雅,谈吐不俗;自己的父母,则身份低微,品位不高。他希望通过这次写作练习,让孩子们重新认识自己的父亲。

一篇篇读下去,基本上都是写自己的父亲怎么辛苦,如何劳累,多么卑微。这也难怪,农民工子弟学校的孩子,父亲不是工地上的泥水匠,就是车间里的操作工;不是烈日下扫马路的,就是码头上挥汗如雨的搬运工;不是在小区收购垃圾的,就是气喘吁吁的送水工。

又打开一本,作文的题目让他眼前一亮——《我的艺术家爸爸》。艺术家?怎么可能!在这所条件极其简陋的农民工子弟学校,别说没有艺术家的子女,就连白领的子女也不曾有过。他本能地认为,这个孩子是虚荣心作怪,在编故事。

好奇心促使他快速地读下去。孩子写道,我的父亲有一间很大很大的工作室,这里堆满了大小、粗细、厚薄不一的木头和木板,空气里弥漫着木头的香味,地上到处都是卷曲的刨花,而刨花下面,是泥土一样细碎的木屑,刨花就是这些木屑上开出的花朵……

难道孩子的父亲,真的是一个民间雕刻家?他带着大大的疑问,继续读下去。接下来,孩子的笔锋一转:"没错,我的爸爸是一个木匠,但在我的眼里,他是一个真正的艺术家。"

看到这里,他忍不住"扑哧"一声笑了,果然只是一个普通的木匠。

再读下去,他的笑容凝固了。孩子写道,爸爸是建筑工地上的一名普通木工,那些大楼里的很多木工活儿,都是爸爸完成的。他凭本事吃饭,靠辛勤的汗水养家糊口。爸爸虽然只是一个木匠,但他心灵手巧,那些呆笨的木头,在他的手下仿佛有了灵气,有了生命。刚搬到出租屋时,我们家徒四壁,很多东西都是爸爸亲手做出来的,比如我写作业时用的这张桌子,就是爸爸用工地上废弃的边角料做的。其中的一条腿,竟然是用四截短木棍连接起来的,每个榫眼都严丝合缝,紧紧咬合在一起,整张桌子,没用一根铁钉。

孩子骄傲地写道,爸爸经常会带一两个小玩具回来,给我和妹妹玩儿。那都是他利用午休时间,用碎木块制作而成的。我12岁生日的时候,他用木头给我刻了一只小公鸡,因为我是属鸡的,爸爸希望我像这只小公鸡一样,昂首阔步,意气风发。这只可爱的小公鸡就挂在我的床头。有一次房东看见了,爱不释手,以为是从哪个精品店买的。他也属鸡,爸爸给他也做了一个,还根据他们家每个人的属相,各雕了一个木刻,现在就挂在房东家客厅的墙上。爸爸给我做过手枪,做过棋盘,做过文具盒,还帮我们学校修过桌椅呢。

最后,孩子写道,爸爸是建筑工地上的木工,我没有见过他做的那些木工活儿,但我想,那些住进大楼里的人,一定会像我一样,喜欢他做的东西。爸爸小的时候家境贫寒,没读过几天书,不然的话,他一定会成为一个伟大的艺术家。不,在我的眼里,他现在就是一个艺术家,能让每一根木头说话,让每一片刨花唱歌的艺术家。

他的眼睛湿润了。他觉得自己差一点误解了孩子。不知道为什么,他的眼前,突然浮现出父亲的影子。在他的眼里,自己的老父亲只是一个老实巴交的农民,一辈子没有离开过土地,一辈子没有离开过贫穷的村庄。播种、锄草、捉虫、收获,日复一日,年复一年。他忽然想,在那么贫瘠的土地上,老父亲养育了一家人,这是多么了不起的一件事啊。

他当即决定,就以这篇作文为范文,他要念给全班的孩子听,并大声地告诉他们：你们的父亲，是环卫工，是泥水匠，是木工，是电工，但也是艺术家。

创造美好生活的人，是真正的艺术家！

母亲的西湖

又堵车了。从他家去火车站,有一条近路,但经常堵车,为了避开,今天他特意绕了个大圈,没想到半路上还是堵住了。他愤懑地嘟囔着。

坐在后排的母亲安慰他,莫急,莫急,赶不上就坐明天的火车回去,早一天晚一天没啥关系。

母亲要坐火车回老家去。

忙不过来的时候,他会将母亲从老家接到杭州来,帮他料理家务。这些年,母亲每年都要来杭州一两次。

母亲一来,他和妻子就轻松多了,儿子有人管了,饭有人做了,家有人照顾了。他和妻子,就可以腾出手,安心忙各自的工作了。

每次母亲过来,住上一两个月,等孩子开学了,他们手头的工作也暂时告一段落了，就又到了母亲该回去的时候了。他知道母亲在这里住不惯，所以，每次母亲提出要回老家去，他从不阻拦。

有几次，他要开车送母亲回去，都被母亲拒绝了，她执意自己坐火车回去。他知道，母亲是怕影响他的工作，再说，开车的费用太高，一向节俭的母亲心疼钱。

母亲就像候鸟一样，匆匆飞过来，又飞回去。

母亲突然指着车窗外说，大楼后面好像有个湖，那……那是西湖吗？

他扭头看了看，目光穿过大楼，看见一大片明镜似的水面。其实不用看，他也知道，那就是西湖。西湖可不就在那个方向。来杭州工作十几年了，他去过多少次西湖，已经记不清了。他对西湖，就像对小时候家门口的那块池塘一样熟悉。当然，没有一次是陪家人去的，全是陪外地来的朋友去的。他想，反正自己生活在这座城市，有的是机会。

母亲轻声说，能开车过去转转吗？我想看一眼西湖。看一眼，就可以了。

他有些心痛地问道："妈，你没到西湖边转过？"顿了顿，又嘟囔了一句："我没带你来过西湖吗？"

母亲摇摇头。

这怎么可能？他不相信地晃了晃脑袋。杭州，母亲至少来过二十多次，自己怎么可能一次也没带她老人家来西湖边看看呢？

他将方向盘朝右一打，车子向西湖边驶去。

从南山路，到杨公堤，再到北山路，他沿着西湖，绕了一个大圈。他在心里想,今天先开车带着母亲绕西湖转转,下次再陪着她老人家,一个景点一个景点地慢慢游览。

一路上,母亲不说话,一直侧着头,目不转睛地盯着窗外。窗外,是烟波浩渺的西湖。

最后,车子拐入西湖大道,往火车站方向驶去。车窗外,看不到西湖了。

"这次回去,我终于可以跟你王大妈、李大婶她们讲讲西湖了。"母亲激动地说,"我每次从你这儿回去,她们都要问我一些关于西湖的问题。她们都没来过杭州,没游过西湖,怕是这辈子都没机会了。我就跟她们讲啊,西湖很大,美得像一幅画。湖上有好多船,湖边人多得像赶集一样,他们是从全国各地来的。"母亲忽然压低了声音:"其实那都是我在电视上偶尔看到的。她们一遍遍听我讲,都夸我好福气,儿子在杭州工作,就住在西湖边,那可是人间天堂……这次回去,我终于可以多给她们讲讲西湖了。"

他的鼻子忽然一阵阵发酸。母亲来过杭州多次,没有一次是来游玩的。她不是来享福的,而是来帮他们的。而自己,竟然从没有带母亲到西湖边走走。

他抬腕看了看表,时间还早,能赶上那趟火车,不过,他已经想好了,等到了火车站,就对母亲谎称火车票买不到了,让她过几天再回去。明天,对,就是明天,他要和妻子、儿子一起,陪老母亲来西湖边散散步,坐坐船,在湖心岛吃一碗西湖藕粉,再来一盘西湖醋鱼……他要让母亲真正地游历一次西湖,而不是走马观花地沿着湖边远远地看一眼。

补丁也可以绣成花朵

拐角凹进去一段,就是她的舞台。她在这里摆摊织补,已经好几年了。

每次路过这里,都能看见她,坐在凹槽里,埋头织补。身边人来人往,车水马龙,尘世的喧嚣似乎离她很远。她很少抬头,只有针线,在她的手上不停地穿梭。

这里原本是一个城乡接合部,这几年城市西迁,这块地也跟着火了起来,到处是建筑工地。上她那儿织补的,大多是附近工地的农民工。衣服被铁丝划了个口子,或者被电焊烧破了个洞,他们就拿过来,让她织补。也不贵,两三元钱,就能将破了的地方织补好。如果不是工服,而是穿出去见人的正装,她会更用心地去织补,丝线、针脚、纹理,都和原来的衣裳一样,绝对看不出织补的痕迹。

从她所在的拐角，往前走100米，是一所学校。我的孩子，以前就在那所学校读书。每次接送孩子，必从她的身旁经过，对她不免多留意了点儿。

一天，妻子从箱底翻出一条连衣裙，还是我们刚结婚时买的，是妻子最喜欢的一条裙子。翻出来一看，胸口处被虫子蛀了个大洞。妻子黯然神伤。我的眼前，忽然浮现出她的影子，也许她可以织补好。

拿过去。她低头接过衣服，看了看，摇摇头说，洞太大了，不好织补。我对她说，这条裙子是我们结婚时买的，对我妻子来说，意义非同一般，请你帮帮忙。

她又看了看裙子。忽然问我，你的妻子喜欢什么花？

牡丹。我告诉她。

她看着我，在这个有破洞的地方绣一朵牡丹，你看怎么样？

我连连点头，太好了。

她从一个竹筐里拿出一大堆彩色的线，开始绣花。我注意到她的手指粗大，浮肿，一点也不像一双绣花的手。我疑惑地问她，能绣好吗？她点点头，告诉我，她以前在一家丝绸厂上班，就是刺绣工，后来工厂倒闭了，她才开始在街边摆摊织补。我原来绣的花可漂亮了。她笑着说，原来的手也不像现在这么粗糙。这双手是在外面冻的，长冻疮了，所以才这么难看。

正说着话，一个女孩背着书包走了过来。以为她也是来织补的，我赶紧往边上挪了挪。女人笑了，这是我女儿，就在那边的学校上学。女孩看看我,喊了声"叔叔",便放下书包,帮她整理线盒。很多线头乱了,女孩一根一根地理顺,重新缠好。不时有背着书包的孩子从我们面前走过。有些孩子看来是女孩的同学,他们亲热地互相打着招呼,女孩的脸上挂着浅浅的笑容。

我好奇地看着女孩。她稚气未脱的脸上,已经三三两两地冒出青春的气息。她似乎一点也不在意她的同学如何看她。她不怕同学们看到,她的妈妈是个街头织补女。这大大出乎我的意料。我有个同学,就因为面相苍老了点儿,他的儿子从来不让他参加家长会,也不让他接送自己。男孩认为,自己的爸爸长得太寒碜了,出现在同学面前,给自己丢脸。

我对她说,女儿真是你的小棉袄。她看看女儿,笑着说,是啊,她很懂事。这几年,孩子跟着我们吃了不少苦。女孩撇撇嘴,吃什么苦了?要说辛苦,你和爸爸才辛苦呢。忙完了手头的活儿,女孩拿出书本,趴在一个小凳子上,写起了作业。我问她,怎么不回家去做作业?女孩说,我们要等爸爸来接我们,我要和爸爸妈妈一起回家。

女人穿针引线,牡丹的雏形,已渐渐显现出来。这时候,一个中年男人蹬着三轮车过来了,女孩亲热地喊他爸爸。我对埋头织补的女人说,天快黑了,快回家吧。这件衣服我明天再来拿。她摇摇头,马上就好了。

路灯亮起来的时候,她终于将牡丹绣好了。那件十几前的旧裙子,因为这朵鲜艳的牡丹而变得时尚、华美。

中年男人将三轮车上的修理工具重新摆放了一下,腾出一个空位子,然后一把将她抱了起来,放在那个座位上。我这才注意到,她的下半身,是瘫痪的。女孩将妈妈的马扎、竹筐放好,背着书包,跟在爸爸的三轮车后面,蹦蹦跳跳地走着。

目送他们一家三口的背影渐渐走远,我才拿着那件绣着牡丹花的裙子回家。裙子漂亮极了,你完全看不出来,牡丹花底下,曾经是一个破洞。

请老乡上门

打电话回家,告诉母亲:等会儿有人敲门,是来疏通下水道的。母亲喜滋滋地答应了。

我知道,放下电话,母亲会赶紧去厨房烧些热水,泡好一壶茶,然后,母亲就会站在窗口向楼下张望,看看疏通下水道的人,来没来。

想象着母亲迫切等待的样子,我有些好笑。

母亲年岁已高,把她一个人丢在老家,实在不放心。年前,好说歹说,将母亲接来和我们同住。母亲一辈子住在乡下,很少出门,既不识字,又不会讲普通话。和我们住到一起后,原本性格开朗的母亲,反而变得沉默寡言了。我知道,她不习惯城市生活。以前住在乡下,东家串串,西家走走,日子过得有滋有味。

现在，住在楼房里，邻居们一个也不认识，整天闷在家里，跟自己的影子为伴，就跟坐牢似的。只有晚上我们下班回家，母亲才能找到个说话的人。

那天，家里的空调出了点毛病，维修部答应派人上门维修。放下电话，我急忙赶回家。打开家门，只见母亲正和一个陌生的小伙子坐在客厅，开心地聊着什么。见我回来，母亲一脸兴奋地对我说："你说巧不巧，你找来的维修工，竟然是咱们的小同乡！"陌生人站起来，说："空调没什么大问题，已经修好了。"一口浓浓的乡音。我诧异地看着他。一问，还真是老乡。他的家，离我家的老宅只有十几公里远。母亲硬要留小伙子在家中吃饭，小伙子推辞说，还有几户人家的空调要修理，母亲只好作罢，便拿了两个苹果，硬塞给了他。

那天，母亲脸上的笑容让我的心感到一点疼痛。我没想到，一个偶然遇到的同乡，几句熟悉的乡音，竟让母亲如此开怀。

我灵机一动，想到一个办法。我知道，在这座城市，有不少从家乡来的打工者，他们分散在这个城市的各个角落：有的在企业里上班，有的自己开着小吃店，有的是送水工，有的是维修工，有帮人搬运货物的，也有沿街叫卖水果的小贩。离开家乡已经二十多年了，说实话，以前我真的没怎么留意过他们。因为母亲的缘故，我忽然发现，从他们嘴里冒出的乡音是如此亲切。

几天之后，我在一家家政公司偶然遇到一个水管工，一问，果然是同乡。想起家中的下水道不是很通畅，我请他有空的时候，上门帮忙疏通一下。"一定得你亲自去哟"，我再三叮嘱他。

再后来，碰到给办公室送桶装水的年轻人，一问，又是老乡。我让他给我家里也送一桶，"一定得你亲自送哟"，我叮嘱道。

过了一阵子，在路上遇到蹬着三轮车卖盆景的，搭讪之后，知道又遇上老乡了。我买了两盆盆景，又给他加了点钱，请他帮我送上门……

这样，每隔十天半月，就会有一个操着一口乡音的人，去敲我家的门。我会提前打电话回家，告诉母亲，等一会儿，有人敲门……

我知道，我的老母亲会早早地沏好一壶茶，翘首以待。她会惊讶地发现，来的又是老乡。她会唠唠叨叨地和他讲个不停，临别时，还会用浓浓的乡音叮嘱一句："常来走走，和俺这个老婆子说说话！"

陪老母亲回到从前

母亲经常一个人坐在阳台发呆,有时候一坐就是几个小时,目光呆滞。

这是他们的新家,房子很大,整洁而舒适。令他难过的是,楼下走过的人,母亲一个都不认识。准确地说,母亲在这个世界上认识的人,越来越少了。

他带母亲去医院做过检查,医生诊断,老太太患了中度老年痴呆症。开了很多药,但医生说了,药物已经很难根治她的病。老太太经常将孙子误认成小时候的他,喊着他的乳名。每次听到母亲喊他的乳名,他都感到一阵心酸。

每天一下班,他就急匆匆地赶回家,陪伴老母亲。做她喜欢吃的饭菜,和她唠嗑,陪她听收音机里播放的老戏,他希望借此唤醒母亲的记忆。可是，老母亲总是一副麻木的样子，好像这一切与她毫不相干。

有一天，单位要求每人交一张证件照，很多年没拍过大头照了，他翻出老影集，从中寻找。母亲木然地坐在他身旁，看着他"哗啦哗啦"地翻动影集。忽然，母亲指着一张照片，兴奋地对他说，这个地方我去过。他顿住了。那是他们家的老房子，他们一家在那儿住了三十多年，拆迁之前，他拍了这张照片。他抽出照片，递给母亲。老母亲双手捧着照片，盯着看了好一会儿，脸上慢慢露出久违的笑容。他轻声对母亲说，这是我们以前的家。老母亲颤巍巍地说，我记得，记得呢。

这让他喜出望外，看来，老母亲还没有完全糊涂。他又找出一张全家人在老屋前的合影，那时候父亲还健在，那是属于他们的最后一张全家福。老母亲拿在手中，一会儿正着看，一会儿倒着看，一会儿又将照片翻过来看看背面，似乎照片里藏着什么似的。尽管老太太一句话也没说，但他从老母亲的眼神里，隐约看到了过去生活的影子。

他意识到，这也许是一把钥匙，可以打开老母亲尘封的记忆。于是，每天晚上，回到家中，他都会搬出一本本老影集，和母亲一页一页地翻看。这些老影集，很多是母亲精心保留下来的，从最早的黑白照片，到后来的彩色照片；从他穿着开裆裤骑在照相馆的木马上，到他捧着毕业证的大学毕业照；从父亲、母亲和他三个人拍的小全家福，到父亲、母亲和他们一家三口拍的大全家福……逝去的时光，恍若眼前。每看一张照片，他都会给母亲讲述当时的情景。老母亲静静地聆听，偶尔会插上一两句，告诉他一些细节，那是他早已忘记，或者压根就没有留意过的细节。他欣喜地发现，这些褪色的老照片正将母亲从失忆状态中唤醒，过去的生活，仿佛又回来了。

他的脑海中忽然闪过一个念头，带着老母亲，去她生活过、工作过的地方走走。母亲虽然患了老年痴呆症，但身体还算硬朗，趁她还能走得动，一次精心安排的故地重游，也许可以帮她回忆起旧日时光。

母亲晕车，显然不能开车去。他想，可以骑着三轮车，载着母亲回去看看。他将家中两辆旧自行车的轮子卸下，又找来木板、沙发垫等材料，自制了一辆人力三轮车。

某个周末，他将老母亲搀下楼，扶上三轮车，高高兴兴地出发了。自从老母亲得了老年痴呆症后，担心她迷路，他就再也没有让她出过家门。老太太坐在三轮车上，兴奋得像个孩子。

骑了两个多小时，终于来到以前生活过的地方。昔日的一大片老房子早就拆光了，盖起了很多高楼，但是老房子前的那条河和那座桥还在。母亲忽然拍拍他的后背，要求下车。母亲站在桥头，摩挲着桥墩上的石狮子，眼里泪光点点。他的记忆一下子回到过去，他看见母亲站在桥头，等待在乡下接受劳动改造的父亲；他看见母亲站在桥头，等待他放学回家……

那天，老母亲语无伦次地说了很多话。

此后的每个周末，只要天气晴朗，他就会骑着三轮车，带着老母亲出去逛逛。

他带着老母亲，去过她工作了二十多年的工厂，那家工厂如今已被改造成了一个农贸市场。

他带着老母亲，去过他就读过的小学，这所小学除了教学楼重新翻修过之外，基本没什么变化。因为离家远，母亲经常接送他。他至今依然清晰地记得，身材矮小的母亲站在校门口，踮着脚尖向校园里张望的情景。

他带着母亲，找到那家早餐店，吃两碗馄饨，品咂记忆中的味道。几十年过去了，这家早餐店的馄饨，还像从前一样，皮薄馅嫩，汤清味鲜。以前家里穷，只有在他过生日的时候，父母才会带他上这儿，奢侈地点两碗馄饨，他吃一碗，父母合吃一碗。他很快就将一碗馄饨吃完了，却惊讶地发现，老母亲只吃了半碗，还剩下半碗。他猛然意识到，那半碗馄饨，是母亲留给父亲的。

老母亲的状态在逐渐好转。他酝酿着一个更大胆的计划，骑着三轮车，带老母亲回几百公里外的一个村庄去看看，母亲的娘家就在那个村庄，母亲在那里出生，在那里长大。自从外公外婆去世后，母亲就再也没有回去过。也许村庄里已经没有一个她认识的人了，但是，她的根在那里。

他想，人生不可能重来，却可以将爱重温一遍。

尽管老王和老张的开车技术都不错,但是人们似乎更愿意乘坐老张的车。因为小小的车厢,是一个情绪空间,它传递的是快乐、温暖,还是抱怨、牢骚,会直接影响每一个乘客的心情。生活中的我们,置身于一个个情绪空间,我希望自己是快乐的,并将快乐传递。

第五辑　情绪空间

请自备容器

一家图书馆的墙上,贴着这样一张告示:本馆所有知识免费,请自备容器。读者看了,不禁莞尔。知识是免费的,可你得有储存知识的容器啊,这个容器就是你的大脑。不自己准备,别人永远帮不了你。

去年到香港参加一个培训,课程安排在浸会大学。学校特别给我们这些大陆来的短期进修生安排了一间教室。教室外的走廊上,除了几样点心,还有一桶纯净水和一壶咖啡,桌上放着不多的几个一次性纸杯。老师告诉我们,点心、水和咖啡,都是免费供应的,水和咖啡,最好用自己带的杯子盛。如果没有带的话,也可以使用一次性纸杯,但为了环保,请大家每天最好只使用一个。我注意到,课间休息时,老师宁愿跑很远的路,回自己的办公室拿杯子，也不肯使用那些一次性纸杯。老师说，自备容器，已经成为大部分香港人的一个习惯，成为一种发自内心的自觉。第二天，我们就都赶紧去便利店买来了玻璃杯。

在浸会大学上了十几天课，老师几乎没有发给我们一页复印的资料。我们这些来自内地的学员，都想尽可能多地带一些香港的资料回去。老师似乎知道我们的心思，每天讲完课，老师都会将自己讲稿的电子版，拷贝到教室的电脑里。学员们如果需要，可以用自己的U盘拷贝。我们几个忘记带U盘的学生，除了拼命地记笔记，就只能利用自己的大脑——这个容积最大的容器了。

浸会大学附近的联福道上，有一家冷饮店，卖的冰镇可乐口感特别好。每次路过，我们都会忍不住买一杯品尝。有意思的是，这家冷饮店的墙上，贴着一张告示：自备容器，可享受优惠，买中杯，送大杯。不少人是拿着自己的杯子去买可乐的。据说，用自己的杯子盛，同样的价钱，能多买到二成的饮料。我们买的玻璃杯再次派上了用场。盛在玻璃杯里的可乐，味道比盛在纸杯里的更纯粹。只是我们不明白，店老板省下了一个纸杯，却要损失二成的饮料，这不是亏本的生意吗？不过，看看人口如此密集的香港，大街小巷却那么干净，你就会明白，为什么一个饮料店的小老板，会做这种蚀本的买卖了。

自备容器，一个小小的举动，换来的却是生存环境的大变化。

记得我小的时候，妈妈一边在厨房里做饭，一边高喊，快去打瓶酱油来。于是，一个快乐的身影，手里握着一个泛黑的酱油瓶，飞快地向小卖铺跑去。有时候，我们也会拎着瓶子，帮爸爸打酒，帮奶奶打煤油……每一个瓶子，都反复使用了无数次，变得泛黄，泛黑，泛紫，早已看不出它的本色。不过，只要凑到瓶口闻一闻，这个瓶子是干什么用的，马上就一清二楚了。那时候，我们的容器不多，每一个容器，都蓄积着生活的滋味，让人倍加珍惜。

今天，还有谁会拎着一个瓶子去打酱油吗？没有了。超市里几乎所有的东西，不是瓶装的、罐装的，就是袋装的、盒装的。包装都很精美，再也不需要我们自备容器了。而我们的家中，也到处都是废弃的瓶子、罐子、盒子、袋子，这些曾经的容器，当里面的内容不复存在，就不再是容器了，成了垃圾。

我怀念用瓶子打酱油的时代，那时候我们的容器不多，因此，我们总想着将它装满。那时候，一切都很简单，欲望很简单，幸福也很简单。有一个小小的容器，我们就可以将我们的生活，包括喜怒哀乐，装在里面。

剔掉多余的

走进朋友老陈家的院子,就看见一堆刚运回来的树根。老陈埋头赏鉴,弯曲的脊梁,很像一段未经雕琢的树干。

老陈是我们这一带颇有名气的根雕艺人。他的根雕作品,大多粗犷、写意,得天然之趣,颇受玩家推崇。

看见我,老陈打声招呼,继续专注地盯着他的那堆烂树根,目光犀利,犹如电钻。老陈手扶一段黝黑的树根,由衷地赞叹道,真是鬼斧神工啊。我好奇地循声看看那段树根,盘根错节,枝丫茂密,通体黝黑,就是一段枯而不烂的树根,与其他树根并没有多大区别。老陈看出我的困惑,笑着说,过半个月,你再来看。

半月之后,我再去老陈家。老陈的工作室里,多了一件根雕作品:一位长发浓须的大汉,弓身屈肘,陷入沉思之中。美髯如丝,条缕清晰,似可穿风;肘上青筋隐隐可见;埋在腕中的脸,只见半张,皱纹密布,目光深沉,似乎正陷入深深的思考中。

惊问老陈,这就是那段不起眼的树根雕刻而成的吗?

老陈颔首。

你是怎么做到的?用刻刀雕,用刨子削,用錾子凿,用泥膏补,千锤百炼而成?

老陈笑了,摇摇头,没那么复杂。其实,那段树根刚运回来的时候,我就发现它是一尊天然的思想者雕像,而我这些天所做的,只是把多余的部分剔除而已。

老陈的话,勾起了我的兴趣,"愿闻其详",我说。

老陈随手拿起一小段树根,问我:"这是什么?"

我看了半天,一脸茫然。就是一段根须茂密、杂乱无章的普通树根啊。

"它是一只蟾蜍。"说着,老陈拿起一把剪刀,将大部分根须剪掉,只留下几根短须;又拿起凿子,将树根上面的枝节全部切掉;然后用刻刀在树根的主体部分精雕细琢……一段段根须、枝节,在老陈的刀下纷纷坠落。须臾,老陈将雕刻好的树根托在手上:"你再看看,它是什么?"

一只瞪着双眼,鼓着腮帮,后脚撑开,准备跳跃的蟾蜍,跃然眼前。

真是太神奇了。

老陈说,很多人以为,根雕是雕刻出来的,错了。一段原始的树根,本身就是一件艺术品,根雕艺人无非是发现它,并将多余的部分剔除，还其本来面目。根雕之难，不在好根难觅；而在于怎样从看似杂乱的枝节中，找到树根的神韵，并正确地判断，哪些是应该毫不手软地剔除的。

老陈深吸一口气，不胜感慨地说，小时候，有过很多梦想，一会儿想当作家，一会儿想做明星；今天想当发明家，明天又想做个旅行家……人这一生，就得不断地剔除一些不切实际的梦想，甩掉一些负荷。唯有如此，才能把自己雕刻成真正想成为的人，还原自己的本色。

是啊，把多余的部分剔除，剩下的，就是本质，就是精华，就是真实的自己，这不正是人生的大境界吗？

一个孩子的逃生行囊

2008年夏天,一个黑头发黄皮肤的小男孩来到上海红十字会,用磕磕绊绊的中文,向工作人员说明了来意。

他叫查尔斯·张,是一位美籍华人。他在电视上看到汶川地震的消息后,即在居住地夏威夷发起了一场募捐活动。他自己动手制作了四个木盒,作为募捐箱。募捐箱上明确地写着寻求捐助的原因和他的预期目标:1000美金。

他将其中的三个募捐箱放在父亲的小店里,自己带上另外一个,去敲邻居的门,还带到学校进行募捐。他一共募集到了2000美金,大大超出预定的目标。在父亲的陪同下,他来到上海,将这笔爱心款交给了红十字会,烦请他们转交灾区的孩子。

这个9岁男孩的善良和爱心,打动了在场的每一个人。大家并不知道,两年前,这个孩子独自经历了一场惊心动魄的大地震。

2006年10月15日清晨7时7分,美丽的夏威夷突然地动山摇,一场6.6级的大地震,瞬间袭击了这座岛屿。

只有7岁的查尔斯,当时一个人待在家里,母亲带着弟弟一早就出门了,父亲正在离家很远的另一个岛上参加马拉松训练。骤然而至的剧烈震动,让查尔斯陷入极度的恐惧之中。但是,在学校学过紧急避险和逃生知识的查尔斯,在逃离房子时,还是飞快地将几件重要的物品,塞进了他的书包。

在千钧一发的危急关头,一个只有7岁的小男孩,都带走了哪些物品呢?事后,查尔斯的父亲在儿子的书包中,翻出了7件物品。

一张全家福。这是查尔斯最先放进书包里的物品。他说,如果那天是世界末日,如果灾难之后全家只有他幸存下来,他会看着这张照片缅怀家人。他还告诉父母,当时他的想法是,如果弟弟也活着,他就带着弟弟一家一家地去敲门,直到有人愿意收留他们。

一面国旗。

一个兔宝宝布艺玩具。查尔斯属兔,这个兔宝宝玩具还是父母送给他的生日礼物,几年来一直陪伴着他。查尔斯说,兔宝宝是自己最好的朋友,任何时候也不能抛弃它。

一只海龟。查尔斯说,海龟是珍稀动物,必须保护。

一个乐高玩具。这是查尔斯最喜欢的玩具。

一个手电筒。老师曾教给他们一些避震小常识,他知道手电筒是必备的应急物品。

一顶大力帽。这是查尔斯参加电视节目时获得的纪念品，也是他最喜欢的。

这就是7岁男孩查尔斯逃生行囊里的全部物品。在生死存亡的紧急关头，查尔斯选择将它们带在身边。他认为这都是最重要的物品，是灾难之后，能够支撑他活下去的东西。

有一个细节，不容忽视。当时，查尔斯有400美元的现金，就放在书桌的抽屉里。在逃离房间时，查尔斯却没有把钱带走。他是这样解释的，在学校时，他们经常为贫穷的孩子捐款，所以他坚信，只要活着，即使自己没有钱，也一定会有人帮助他。

这就是一个7岁男孩的生命账单。

从中可以看出小男孩纯真的爱：爱家人，爱国家，爱动物，爱生活。

查尔斯的父亲不无感慨地说，当灾难猝不及防地降临时，所有的东西都可能在瞬间失去，只有爱，是唯一可以带走的行李。

在任何时候，都记得带上爱。

悬在空中的疤痕

早晨走到阳台,我惊讶地发现,阳台上的一块钢化玻璃,竟然碎裂了,像一大朵裂开的花瓣一样。

幸亏是夹层的,碎裂的玻璃才没有"哗啦啦"坠落一地。细瞅,在玻璃的右下角,找到了一个着力点,原来是被人用石块砸的。竟然是被人为砸碎的!一股怒火,腾空而起。

谁会砸我们家阳台玻璃?自忖搬到这个小区六七年了,从没和任何人红过脸,更没与谁结下过冤仇,那么,这个人为什么要砸我家的玻璃?立即向小区物业举报。工作人员查看后,确认是人为砸碎的,但是,谁砸的?为什么砸?却一直没查出来。我家住在二楼,虽然楼层不高,不过,要用石块砸碎这种抗冲击强度很高的钢化玻璃,还是需要不小的力量的,孩子基本可以排除,最大的可能，是成人砸的。

突然，"汪———汪汪——"花花莫名地狂吠起来。花花是我养的一条狗。恍然明白，也许是花花在阳台狂吠，惊扰了从楼下经过的人，那人听了心烦，顺手从地上捡起一块石子，砸了过来……

阳台上一排整齐的蓝玻璃，这块碎玻璃显得特别扎眼。从楼下稍稍抬头，一眼就能看到它，像个疤痕一样。这幢高层楼房的外墙，一直很整齐、美观。现在，因为这块碎玻璃而有了伤痕，很不协调。

找来维修工，师傅看了看，摇摇头说，这种颜色、款式的钢化玻璃很难配，而且这种弧形的钢化玻璃已经很少生产了，需要从外地调货，颇费周折。不过，师傅安慰我说，因为是夹层钢化玻璃，因此虽然一面碎裂了，但一时半会儿是不会坠落的。也就是说，暂时不更换也可以，只是难看一点儿。

那块碎裂的钢化玻璃，就一直悬在那儿。

它就像一道疤痕一样，每次看到它，我的心都会隐隐作痛，又气愤，又无奈。有时家中来了客人，还得一遍遍地跟客人解释，它可能是因为什么被人砸碎的，为什么一直没有更换云云。不胜其烦。不过，每次花花无故狂吠时，我会立即制止。倒不是怕别人再砸了玻璃，而是意识到，它的叫声惊扰了别人。那块破碎的玻璃，无声地提醒我：要文明养犬。

慢慢地，我适应了阳台上的那块碎玻璃。有时候，我甚至觉得，穿过碎玻璃的裂纹看出去，外面的风景有一种别样的美。

我差不多已经忘记阳台上那块被人砸碎的玻璃了。

"咚——咚咚——"有人敲门。

打开门,是一张陌生的面孔,却又似曾相识。

他自我介绍说他也住在这个小区。难怪有些面熟,原来是一个小区的。

问他何事,他瞥了一眼阳台,说,你家阳台那块玻璃,是我砸的。

我一时错愕,没缓过神来。他又重复了一句,你家阳台那块玻璃,是我砸碎的。

我彻底糊涂了。这事都过去好久了,我都差不多已经忘记了,他怎么突然自己找上门来"认罪"呢?

他顾自说,那天晚上我从你家楼下经过,你家的狗在阳台上狂叫不止,我听着心烦意乱,就从地上捡了一块石子,随手砸了过去。我只想吓唬吓唬它,让它别叫了。只听到"啪嗒"一声,狗好像受了惊吓,还真的就不叫了。第二天散步时,我才发现,你家阳台上的一块玻璃碎了。从楼下看上去,那块碎玻璃的裂纹特别刺眼。我也曾想过,来向你们解释、道歉,又转念一想,反正当时也没人看到,我为什么要自投罗网、自找麻烦呢?

他咽了口唾沫,继续说道,我以为你们会很快将碎玻璃换掉,没想到,一天过去了,又一天过去了,那块碎玻璃一直没换。每天傍晚我在小区散步时,路过你家楼下,我都会忍不住抬头看看,那块碎玻璃有没有换掉。没有,一直没有。我都不敢抬头了,我都不敢从你家楼下经过了。他重重地叹了口气,你不知道,那块碎玻璃就像一道伤疤一样,一直悬在那儿,刺痛我,折磨我。我的内心一直没有平静过。

今天,我郑重向你们道歉,我愿意进行赔偿。同时,请你们尽快换掉那块碎玻璃。说完,他丢下几张百元钞票,转身走了。

等我回过神来,追出去,他已经走远了。

这是我完全没有料到的结局。那块被砸碎的玻璃,甚至已经激不起我丝毫的怨气和愤怒,我将它彻底淡忘了,有个人,却一直为此不安。

我拨通了维修师傅的电话,请他想办法,无论如何将那块碎玻璃立即更换掉,让疤痕消失。

情绪空间

单位有两辆公车,各配备了一名司机,老张和老王。

两人都是老司机了,开车技术绝对高超,不同之处在于,老王开得更快一点。如果同时从一个地方去另一个地方,老王肯定会比老张早到几分钟。

两个司机的车,我都坐过,感觉完全不一样。

老王的车开得很猛。车门才关上,车已经"嗖"地蹿出老远了。一路呼啸。过路口,远远地看见是绿灯,老王必定加大油门,赶上那个绿灯。擦着边赶过去了,老王就一脸得意;要是没赶上,老王就会狠狠地骂几句,好像信号灯专门和他作对似的。

坐老王的车,经常听到他抱怨和谩骂。有人没打转向灯就超车,老王气得咬牙切齿:"什么玩意儿,敢超老子的车!"一边骂，一边猛踩油门，追上去，猛打方向盘，别那辆车一下。从后视镜里看到对方吓得脸色煞白、手忙脚乱，老王乐得前仰后合。有人横穿马路，如果没走斑马线，老王便会恶狠狠地大骂一句："找死啊！"如果行人走斑马线了，但是走得慢了点儿，挡了老王的路，老王同样要骂："没吃早饭啊，瞧你那病歪歪的样子！"路上有坑，绕来绕去，还是被某个坑颠了一下，老王一边打着方向盘，一边抱怨："这是什么鬼路啊！"

车窗关着，没人听见老王的抱怨、牢骚和谩骂，除了坐在车上的人。当然，老王的抱怨、牢骚和谩骂，都是针对别人的，与坐在他车上的人毫无关系。大家一路无语。到了目的地，一个个表情木然地走下车来。

老张开车，则显得不急不躁。等大家都上了车，他扭头看看，确定所有的人都坐稳了，才徐徐起步。路上，只要遇见有人横穿马路，他必定减速，让行人先过。常常能看到这样的情景，一个走到马路中间的人，突然看见驶过来一辆汽车，吓得进退两难。老张远远地就松了油门，等行人走过去。有时候，行人会习惯性地站在马路中央，让汽车先过，老张就冲行人摆摆手，示意他先过。行人终于明白了老张的好意，一路小跑着穿过马路，向车里的老张挥挥手或者点点头，以示感谢。老张也乐呵呵地报以微笑。

坐老张的车，发现同样的路段，老张遇到的红灯要比老王多。遇到红灯，老张不急、不恼、不躁，乘着等红灯的间隙，换张光盘，或者整理一下驾驶室，红灯就在轻快的音乐声中变成了绿灯。很少听到老张骂骂咧咧。路上突然遇到有人强行超车，老张也从不气恼,反而将车往边上靠靠,尽量让出一条道来。问他为何这么好脾气,老张笑笑,强行超车的人,一定是有什么急事,让他三秒又何妨!

同样到一个地方,等老张的车赶到时,往往坐老王那辆车的人,已经等了一袋烟的工夫。老张一脸歉意。不过,从老张车上下来的人,个个表情轻松,面带微笑。

尽管老王和老张的开车技术都不错,但是人们似乎更愿意乘坐老张的车。因为小小的车厢,是一个情绪空间,它传递的是快乐、温暖,还是抱怨、牢骚,会直接影响每一个乘客的心情。

生活中的我们,置身于一个个情绪空间,我希望自己是快乐的,并将快乐传递。

一条狗的生活半径

一楼那户人家,忽然在院子里养了一只小狗。

小狗是拴着的。绳子的一头,固定在阳台某处,另一头,系在狗的脖子上。它往东跑,快到栅栏边时,脖子被勒住了。它又掉头往西跑,离栅栏还有一段距离,又被勒住了。它犹豫了一下,往南跑,这一回很幸运,跑到了栅栏边,才被勒住。它这样来来回回跑了好几趟,发现自己最远只能跑到栅栏边,永远无法从栅栏的缝隙钻出去,它便不再跑了,趴在地上喘气。

它开始在院子里溜达。这里嗅嗅,那里闻闻,不时抬起一条后腿,撒几滴尿,在自己的领地做个记号。一只蝴蝶飞进院子,落在一棵草上。它好奇地走过去,蝴蝶看见了它,振翅高飞,它前爪腾空,扑了过去。蝴蝶扶摇盘旋,它紧追不舍。可是,它的脖子突然被紧紧地勒住了,绳子将它狠狠地拽了回来。它毫无防备地打了一个趔趄。它从地上爬起来,扭头看了看已经飞过栅栏的蝴蝶,无奈地狂吠了一两声。蝴蝶并不害怕,绕着栅栏,挑逗似的飞进飞出。小狗上蹿下跳,却一点也奈何不了空中的蝴蝶。想必它终于认清了形势,明白了自己的处境,它干脆匍匐在地上,偶尔用黑豆似的眼睛瞥一眼骄傲的蝴蝶。

我好奇地站在二楼的阳台上,注视着这一幕。它不知道我在远远地看它,那只蝴蝶也不知道。但我惊奇地发现,那只蝴蝶——也许是另一只蝴蝶,不久之后,竟成了它的朋友。蝴蝶款款飞来,它不再扑咬,也不再冲它乱叫了。也许它太寂寞了,需要一只蝴蝶或别的什么,闯进院子里来,闯入它的生活。

当然,除了蝴蝶,肯定还有别的活物。有人从栅栏外经过,它警惕地竖起耳朵,狂吠两声。倘若这个人恰好也带着一只小狗,它就会激动地蹿到栅栏边,像看到亲人似的,拼命地摇动尾巴,以引起那只狗的注意。那只狗显然也嗅到了它的气息,穿过草丛,来到了栅栏边。两只小狗隔着栅栏,你看着我,我看着你,它们能这样对视一两分钟。它努力想靠近栅栏,希望和那只小狗打个招呼,亲昵一下。可是,拴在它脖子上的绳子,紧紧地拽着它,使它的努力付诸东流。也许那只狗发现了它脖子上的绳子,知道它无法挣脱;也许是听到了主人的召唤,它头也不回地走了,留下落寞的它被困在院子里,眼巴巴地看着那只狗的背影。

偶尔,我看见它的身边会多出一根骨头,想必是主人丢给它的。它能抱着这根骨头,啃整整一个下午。不知道是它的牙齿不够锋利，还是因为舍不得吃，那根骨头总也啃不完，我都替它着急。

更多的时候，它就安静地卧在院子中央，拴它的绳子，软绵绵地耷拉在它的旁边，这是它和绳子都感到松弛的一刻。这样慵懒的时刻，给人一种岁月静好的感觉。我猜想绳子一定也厌倦了被它拖来拽去，它们已经共同在院子里画出了一个半圆形的轨迹，那是它的生活半径，也是绳子的活动半径。

有时候，我看不到它。也许它正蜷成一团在墙根打盹儿，也许是被它的主人牵出去溜达了。我看不见它的这一刻，是它一天当中最开心的时刻吧。

我挺同情它的，这个可怜的小家伙。它的生活半径是如此之小。

我站在阳台上，又看了它两眼。我必须得去上班了，我不能迟到，也不能早退。我上班的地方离家很远，那可能是像它这样的一条小狗，一辈子也去不了的地方。

我以为我的世界大得很呢。

一只肉鸡的一生

一枚鸡蛋,与众多的鸡蛋一起,被放在一只孵鸡机里。经过21天的电孵化,雏鸡出壳了。它的出生和它的身世一样,都是科学的产物。没有鸡窝,没有母鸡温暖的怀抱。除了电孵化之外,煤油灯孵化、沼气孵化等等,都是今天用来孵化鸡的科学手段。

第一天 电灯会在几个小时内,将它的绒毛烘干,不需要阳光。如果一只雏鸡"鸡头鸡脑"地寻找阳光,它一定会失望的。身为一只肉鸡,它这一生,见到太阳的机会几乎为零。好在它会很快适应这道科学的光芒。摆在它面前的,是一盘用玉米粉和复合维生素B液混合而成的饲料。一只雏鸡不会明白什么叫复合维生素B液,这没关系,一只肉鸡并不需要学习。

第二天 饲养员会给它注射一针马立克氏疫苗,这基本上可以确保它短暂的一生远离瘟疫的威胁。这一针很重要，那些农家散养的土鸡，就从来享受不到正规的现代医疗保障，经常会在鸡瘟中丧命。这就是科学的大型养鸡场的优势。

第三天 雏鸡们的翅膀已经能够扑腾几下了，它们快乐地扇动着绒毛未褪的羽翅。它们并不知道，这将招来断翅之痛。饲养员将它们一只只捉住，"咔嚓"一声，将它们的翅肘关节剪断。这辈子，它们都无法扇动翅膀了。一只肉鸡嘛，你就不要做天鹅梦了。

第四天 饲养员拿来另一个针管。我相信雏鸡和孩子一样，都害怕打针，不过，亲爱的雏鸡们，害怕是没有用的。这支名叫"一针肥"的针剂，将帮助你们快速地长肉。在养鸡场，一切以鸡为本，一切也以肉为本。

第六天 雏鸡的食物开始发生变化，除了玉米粉之外，还添加了菜叶，这令雏鸡们胃口大开。如果雏鸡们认识字，一定更加开心，因为在它们的食谱中，还添加了一种用0.5%穿心莲溶液、0.2%～0.3%大蒜溶液或100倍活力99生酵剂混合而成的"高效保健促长液"，嘿嘿，这可是保健品哦。

第八天 正在长大的雏鸡们开始玩耍嬉闹，你啄我一口，我挠你一爪，玩得十分开心。是给它们断喙的时候了。每只肉鸡都难逃此厄运，它们长长的喙将被切掉三分之一。断喙是为了杜绝渐渐长大的肉鸡们互相啄趾、啄羽。肉鸡们，请心无旁骛地将全部精力都用来长肉吧，这才是你们不朽的事业。

第二十五天 肉鸡们茁壮成长，很快进入了青春期。它们的羽毛开始变色，鲜红的鸡冠也冒了出来。鸡们开始骚动，它们开始谋划一场轰轰烈烈的爱情。没有彩笺写情书，那就刨刨地，在地上画张约会图吧。如果你是一只公鸡，这可不是个好兆头。一把锋利的手术刀，会在几秒钟之内将你就地阉割，以确保你的处子之身，也彻底打消你谈婚论嫁的非分之想。

第四十五天　现在，肉鸡们已经基本长成，它们饱食终日，无所事事、一心一意地长肉。它们长着翅膀，却不会扑腾；它们长着腿脚，却从没有走出过鸡舍；它们长着眼睛，却看不到阳光。它们把所有的念头都放下，只顾埋头长肉。可是，对一个真正懂得科学养鸡的人来说，这还不够，因为肉鸡们的膘还不够肥，还卖不出好价钱。于是，他会进行最后一搏——拔掉肉鸡翅膀上的长管羽毛，以使肉鸡们将所有的能量都集中在长肉出膘上，就像给树苗剪枝一样。据说这种科学的拔"毛"助长法非常管用，被拔掉长管羽毛的肉鸡，每天能长肉50多克。肉鸡们"咯咯"的惨叫声，很快便淹没在主人点钞票的"哗哗"声中。

第六十天　肥硕的肉鸡们，出栏了。它们被送到各个菜市场，它们不会走得太远，菜市场离人类的厨房很近。

第六十一天　在清扫鸡舍的时候，饲养员发现了一枚鸡蛋。看来，一定有一只肉鸡还是偷偷进行了一场恋爱。饲养员笑笑，将它放进一筐鸡蛋中。这枚鸡蛋，很快会被送往孵化器里，旧的故事结束，新的轮回开始。

雕

刁老二摸摸身边用生铁铸成的另一个自己，仰头看着天空，晴空万里，碧蓝如洗。他不知道那只一再和他过不去的金雕，此刻是不是正在远方窥视着自己，但他知道，他和金雕的恩怨，可以做个了结了。

那天，他的金帝豪别墅群举行奠基仪式，彩旗招展，鼓乐齐鸣，政商名流云集。主持人宣布奠基仪式开始，他和几位重量级人物刚刚踏上红地毯，突然，天空中飘来一团阴影。刁老二抬头望去，只见一只大鸟，张开巨大的翅膀，从他的头顶掠过。刁老二张嘴正要怒骂，话还没有出口，嘴巴就被"啪"地堵上了。刁老二用手一摸，竟然是一坨热乎乎的鸟粪，恶臭无比。恼羞成怒的刁老二弯腰捡起一块碎砖头，大鸟却已呼啸而去。

金帝豪别墅群奠基仪式上，刁老二被大鸟不偏不倚地拉了一坨鸟粪的消息不胫而走，这让刁老二颜面扫地。有人说刁老二为建别墅群毁掉一片树林，惊动了山神，所以遭到了报应。刁老二对这种谣言不屑一顾。其实，他是认识那只大鸟的，那只金雕和他积怨颇深，只是他万万没有想到，那只该死的大鸟竟然会选择这么一个重要的日子前来报仇。

半年前，他带着施工队进驻山村，他买下了村后的整座山坡，他要在这里建造一个高档别墅群。施工队的首要任务，是将漫山遍野的大树砍掉，将地夷平。电锯声声，鸟雀惊飞，鸡狗张皇。一棵棵大树被放倒，地动山摇。原本郁郁葱葱的山林，瞬间变得满目疮痍。还剩最后一棵大树，工人锯树时，忽然发现树上有个鸟巢，隐约听到有只雏鸟在叽叽喳喳地鸣叫。天空中还有一只巨大的雌金雕在盘旋、哀鸣，似乎想将雏鸟救走。可是，雏鸟的体形已经不小了，雌金雕无法将它叼走。

刁老二闻讯后，匆匆赶到现场。他仰头望了一眼空中的金雕，身手敏捷地爬到了树上。刁老二小时候就是村里的爬树高手，所以没费什么劲儿就爬了上去。刁老二坐在树杈上往鸟巢里一看，乐得眼睛眯成了一条缝。鸟巢里有一只小金雕，浑身长满灰褐色的绒毛。神鸟啊，刁老二激动得一把逮住小金雕。小金雕恐惧地鸣叫着，雌金雕更是急得团团转，围着大树不住地盘旋、哀鸣，似乎在哀求刁老二放过自己的孩子。然而它的哀求是徒劳的。

捉住小金雕后，刁老二安排专人饲养。他要将这只小金雕养大，送给市里的黄局长。他想，爱鸟的黄局长一定欢喜得不得了。到那时，请黄局长再给自己批一块地，他又能大赚一笔。可是，桀骜不驯的小金雕不吃不喝，只是一个劲儿地鸣叫，叫声凄厉。天空中的雌金雕几次试图冲进屋内，都被工人们用竹竿、扫把轰走了。

几天之后，滴水未进的小金雕耷拉下脑袋，死了。这让刁老二心疼不已。他倒不是为这只雏鸟难过，而是给黄局长献礼的计划泡汤了。饲养雏鸟的工人想将死鸟扔掉，刁老二两眼一瞪，没让扔。工人以为刁老二要将它厚葬，没想到，刁老二让人找来一口油锅，将刚刚死去的雏鸟烫了，拔了毛，然后油锅里一炸，吃了。刁老二不知道从哪里听说，雏金雕的肉营养价值极高，是上等的补品。他可舍不得就这么白白扔了。吃了油炸雏鸟，刁老二一边剔牙，一边哼着歌儿走出屋。他看见那只雌金雕在半空中疯了似的盘旋，悲愤地鸣叫。刁老二不屑地看了一眼金雕。金雕盘旋了一阵，决绝而去。

刁老二没有想到，从此，那只大鸟就和他结下了深仇大恨。在他被金雕用鸟粪封了口之后，每隔一段时间，那只金雕就会突然袭击刁老二，刁老二经常被它啄得伤痕累累。一次，刁老二正和几个人勘察施工现场，金雕突然从天而降，猛地在刁老二的后脑勺上啄了一口，连头发带皮，扯掉了一块铜钱大的头皮，刁老二疼得直在地上打滚。还有一次，刁老二陪几个开发商视察别墅群，金雕又突然从天而降，迎面狠狠地向刁老二的眼睛啄去。刁老二的脸上顿时血流如注，幸亏抢救及时，刁老二的眼睛才没有失明。

奇怪的是，金雕每次袭击，刁老二都是在人群之中，然而金雕总能精准地袭击他，从未误伤别人。愤怒的刁老二花高价请来专业猎手，发誓要射杀金雕。奈何金雕异常警觉，每一次都能脱险。

每隔一段时间，金雕都会成功地向刁老二发动一次袭击，而且一次比一次凶狠。每次俯冲、啄击，都竭尽全力，不计后果，大有同归于尽的意思。

刁老二绞尽脑汁，终于想出了一个彻底除掉金雕的妙计。他花重金请人铸造了一个和自己一模一样的铁人，并给铁人穿上自己的衣服，戴着和自己的发型一样的假发，还配了副墨镜。听说金雕能够分辨人的气味，刁老二将自己弄得大汗淋漓，并把汗水全部涂抹在铁人身上。铁人和刁老二似乎已融为一体，难以分辨。

刁老二让人将铁人偷偷运到半山腰，放置在了最后一棵大树曾经生长的地方。为确保诱捕计划万无一失，狡猾的刁老二还将自己嘴里叼着的香烟，塞进了铁人嘴里。

刁老二潜伏在一旁的工棚里，焦急地等待着。忽然，一团阴影从天而降，金雕来了。它像一枚愤怒的子弹，向"刁老二"扑去。

"嘭！"随着一声巨响，金雕重重地撞击在铁人身上，被撞得粉碎，落下一地羽毛。

刁老二得意地从工棚里走了出来，捡起死去的金雕，对工人说，拿去红烧了，晚上加餐。

月色中，酒足饭饱的刁老二打着饱嗝，哼着小曲儿，开着他的超级豪华车下山。行至半山腰拐弯处，忽然从树丛里飞出一团巨大的黑影，迎着汽车撞来。那不是金雕吗？刁老二吓得猛打方向盘，小车凌空飞下了悬崖……

第二天，人们在山下找到了汽车的残骸和刁老二的尸体。诡异的是，车的前挡风玻璃上，竟然粘着一团鸟毛，有人认出那是雄金雕的羽毛。

猴子照镜子

有人在猴山上,悄悄放了一面镜子。

一只正在四处游荡的小猴子,从镜子面前经过,无意间一扭头,看见一只陌生的小猴子,正以好奇的目光瞅着自己。小猴子吓了一跳,掉头就跑。它气喘吁吁地告诉妈妈:山下不知道什么时候,偷偷跑进来一只陌生的小猴子!

母猴一听,赶紧下山察看。远远的,什么也没看见。在小猴子的指引下,母猴来到了镜子前。一探头,母猴心头一惊,这孩子,怎么学会撒谎了?哪里是什么小猴子,分明是一只年轻的母猴子嘛!看样子,长得还蛮水灵的。只见那只年轻的母猴子,正以嫉妒的目光打量着自己。母猴不安地退了回来,惴惴地想,突然闯进这么一只年轻的母猴子,只怕猴山从此永无宁日了。

母猴遇见了公猴（小猴的爸爸），幽怨地告诉它，山下闯进来一只年轻的母猴子，不知道该怎么办。公猴听了，装作漫不经心的样子，对母猴说，可能是一只迷路的母猴吧，我去把它赶走不就得了。转过身，公猴亢奋地向山下奔去，很久没有见过其他年轻的母猴子了，这可是天赐良机啊。它在山下转了一圈，根本没有看到母猴的影子。失望的公猴正欲返回，突然瞥见一只壮硕的公猴子，正一脸落寞地瞪着自己。公猴惊愕地瞪大了眼睛，对方也惊愕地瞪大了眼睛。公猴吓得掉头往回跑，一边跑，一边想，这个可恶的婆娘，明明闯进来的是一只公猴子，却谎称是一只母猴子，这是在给我挖坑呢。再一想，那只公猴子看起来很健壮，它会不会勾引自己的老婆？更可怕的是，本来再过几年，猴王就要退位了，自己是新猴王的最佳猴选，这只公猴子，从他的眉眼之中可以看出，绝不是安分之辈，大有篡位之意。得赶紧将它赶走，以绝后患！

公猴禀告猴王，不得了啦，山下闯进来一只凶悍的公猴子。猴王一听，怒气冲冲地下山察看，众猴远远地跟在后面。猴王昂首挺胸地走到了镜子前。突然，猴王惊讶地看到，一只威猛的公猴子正气宇轩昂地向自己走来，一副王者风范。何曾有猴子敢在自己面前耀武扬威？猴王气得吹胡子瞪眼。对方竟然毫不相让，也在吹胡子瞪眼。猴王受到了莫大的侮辱，它拿出自己的看家本领，龇牙咧嘴，露出那对又长又尖的獠牙！没想到，对方竟然也龇牙咧嘴，而且，也露出了一对又长又尖的獠牙！猴王的眼里，掠过一丝不易察觉的恐惧。自从称王以来，还从没有遇到过如此强大的对手。怎么办？如果后退的话，对方必然得寸进尺，占山为王,而且,那么多随从都在眼巴巴地看着自己呢。不能胆怯,更不能后退,一定得征服它!想到这里,猴王慢慢向前进逼,希望对方被自己的气势吓退。可是,对方并没有退却的意思,也在慢慢向猴王逼近。越来越近,越来越近!完了,猴王心里盘算着,自己称王称霸的日子,快要到头了。猴王不禁黯然神伤。一抬头,猴王发现,对方竟然也神情沮丧。猴王狡黠地眨眨眼睛,忽然明白了什么。猴王努力挤出一丝笑容。哈哈,对方也挤出了笑容。猴王又讨好地向它摇摇尾巴,对方也向它摇了摇尾巴。猴王索性向它点头哈腰,没料到对方也向他点头哈腰。猴王一阵窃喜,这只看起来威猛无比、桀骜不驯的公猴子,终于被自己征服了!

猴王转过身来,威严地向众猴宣布,新闯进来的威猛的公猴子,已经被自己征服了。

猴子们继续过着平静的生活。

母猴经常偷偷溜下山,看看那只母猴子有什么动静。它担心总有一天,那只可恶的贱猴会抢走自己的丈夫。还好,它每次看到的都是一只越来越愁眉苦脸的母猴子。

公猴经常偷偷溜下山,它害怕那个壮硕的家伙勾引自己的老婆,更害怕它一天比一天强壮,成为王位的争夺者。还好,它每次看到的都是一只越来越萎靡不振的公猴子。

猴王经常偷偷溜下山,猴王想,那只凶悍的公猴子太可怕了,总有一天,它会篡夺自己的王位。还好,它每次看到的都是一只卑躬屈膝、奴性十足的公猴子。

小猴子也经常偷偷溜下山,它喜欢去逗弄那只闯进来的小猴子。它越来越发现，对方真是一只有趣的小猴子，它多么希望和这样一只可爱的小猴子做朋友啊。

如果一个人变成了蚂蚁

人类世界太让他失望了,尔虞我诈,钩心斗角,争权夺利,六亲不认……这一切,都让他心灰意冷。他想,哪怕是做一只蚂蚁,也比现在强啊。

没想到,一眨眼,他真的变成了一只蚂蚁。

太好了,除了体形忽然变得这么渺小,让他有点无所适从之外,别的没什么不满意的。

他感觉舒坦多了,再也不用瞧别人的脸色了,再也不用仰别人的鼻息了,再也不怕别人在背后捅刀子了。真是爽极了!

他(也许该用它)翻过一座高山(一块土坷垃),趟过一条长长的河流(谁吐的一口痰),找到了一群蚂蚁。他兴奋地和它们打着招呼,兵蚁们用触角碰碰他,确信他属于这个蚁群后,便径自忙碌去了。没有欢迎仪式，甚至没有一句客套的话，这让他稍许有点失落。不过，蚂蚁王国井然有序的壮观场面，很快就使他忘记了这小小的不愉快。和眼前这些穿梭往来的蚂蚁们相比，人类简直一无是处。他以赞许的目光，注视着眼前来来回回一刻不停地忙碌着的蚂蚁们。

他悠闲地踱着方步，将蚂蚁王国巡视了一遍。到处都是忙个不停的蚂蚁们，除了蚁后。蚁后安静地躺着，享受着蚂蚁们周到体贴的服侍。除了繁育下一代，蚁后似乎什么也不用做。

他本来想向蚁后作一番自我介绍，却被几只兵蚁挡住了。他郁闷地退了出来。他想找一只蚂蚁聊聊，可是，所有的蚂蚁都在忙碌着，谁也没有时间停下来听他说闲话。而且，所有的蚂蚁看起来都内心平和、神色朗润，没有任何怨言。有几只蚂蚁看到他无所事事，跑过来问他，你是一只工蚁，怎么不去干活？他支支吾吾地谎称自己偶染微恙，几只蚂蚁安慰了他几句，就又各自干活去了。他找到一片树叶，躺了下来。树叶在风中摇荡，就像一只摇篮，非常舒服。

忽然，他感觉有点饿了。正琢磨着到哪里去弄点吃的，抬头看见一只蚂蚁，正吃力地向蚁穴方向搬运着一粒黄豆。他走过去，对那只蚂蚁说，我来帮你搬。那只蚂蚁想都没想，就将黄豆丢给他，返身又去找新的食物去了。真是一只傻蚂蚁啊，竟然这么好骗。他慢慢地啃着黄豆，又脆又香。小半粒黄豆下肚，他就饱了。他觉得有点渴，现在要是有杯可乐，那就幸福了。正想着呢，一只肚子圆滚滚的蚂蚁走了过来。他向它打听哪里有喝的，那只蚂蚁一听，毫不犹豫地将嘴巴伸向他，接着，一滴甘露从蚂蚁的嘴巴涌进他的嘴里。那只蚂蚁对他说，它刚刚在前面发现了一大块蜂蜜，很多工蚁都去搬运了，你也赶快去吧。他胡乱地点点头。

看着工蚁们忙碌的身影，他的脑海中迸发出一个绝妙的主意。他先在地上画了个圈，表示这是自己的地盘。然后走到路上，拦住一队正奋力将一只死蝴蝶搬运到蚁穴的蚂蚁，对它们说，你们将蝴蝶搬到我家去，我奖励你们黄豆吃。蚂蚁们诧异地看着他，我们干活从来都是心甘情愿的，没有得到过奖励，这样做合适吗？他笑了，有什么不合适的！在他的撺掇下，那队蚂蚁迟疑地将蝴蝶搬运进了他的家，他分给它们一小块黄豆。他对它们说，请转告其他工蚁，只要将食物搬到我这儿，都会得到奖励。他的话，很快在蚂蚁中间四散传开。没想到，搬运东西还能得到奖励！一队队工蚁改变了方向，将正运往蚁穴的食品和物品，都搬到了他的家。他将其中的一小部分，拿出来奖励它们。

不一会儿，他的地盘上就堆满了美味的食物和各种各样的物品。他又对工蚁们说，现在，你们帮我筑一个蚁穴吧。蚁穴筑成，这些食物就是你们的了。工蚁们一听，快活地忙开了。更多的工蚁闻讯赶来，加入到建设大军中。很快，一个宏伟气派的新蚁穴就建成了。

这时，一只强壮的兵蚁带着一队士兵，赶了过来。它是奉蚁后之命，前来征讨他的。工蚁们都吓得低下了头。他走到兵蚁面前，附在它的耳边说，你如果归降我，我封你做我的侍卫官，怎么样？兵蚁犹豫了一下，突然振臂高呼："坚决拥护新蚁王！谁不拥护，格杀勿论！"很多蚂蚁都举起了前臂，黑压压一片。

虽然投奔他的蚂蚁越来越多，但与蚁后几十万的蚂蚁大军比起来，他的队伍还是显得孱弱不堪。而且，听说蚁后正在组织精锐之师，要来剿灭他。于是，他派遣一只能说会道的黑蚂蚁，潜回蚁后的老巢。黑蚂蚁对它的老朋友灰蚂蚁说，蚁后和最帅的那只兵蚁关系暧昧。灰蚂蚁半信半疑地将这个消息，告诉了自己的好邻居黄蚂蚁；黄蚂蚁又神秘地告诉了自己的同学蓝蚂蚁……不到一分钟，关于蚁后的绯闻便在整个蚁群传开，蚂蚁们愤怒地奔走相告，顿时谣言四起，蚁心惶惶。

他觉得时机已到，号召蚂蚁们起来推翻蚁后的统治。蚂蚁们纷纷响应，蚁后仓皇逃跑。他占领蚁巢，成为新的统治者。

为了巩固政权，他突击提拔了一批心腹。为了得到他的青睐和重用，蚂蚁们纷纷向他献媚、行贿，并不失时机地攻击、诅咒其他蚂蚁。蚁巢外面，更是一派热闹景象。蚂蚁们三五成群，交头接耳，四处奔走，不过，它们不是去搬运物品，而是在忙着别的什么。

他最信赖的一只蚂蚁，不断地向他密报：有的蚂蚁私藏粮食，有的蚂蚁消极怠工，有的蚂蚁拉帮结派，有的蚂蚁争名夺利，有的蚂蚁谣言惑众……最可怕的一条消息是，他的侍卫官密谋造反，已经带领队伍杀到了蚁巢外面。

怎么才一会儿工夫，蚂蚁世界就变得如此混乱、肮脏、丑陋了呢？怎么这个世界跟以前那个世界如此相像呢？他吓出一身冷汗，睁开了眼睛。他醒了。

只是做了一个梦。他自嘲地笑笑，挠挠头皮。他想，如果一个人真的变成了一只蚂蚁，将会是人的不幸，还是蚂蚁的悲哀？

很难说。

鱼鹰的脖子

渔夫用竹篙猛烈地拍打着水面，溅起高高的水花。这是命令，也是召唤，黑玫瑰一个鱼跃，再次扎进水中。

黑玫瑰是一只鱼鹰，羽毛油黑，光滑，发亮。她是一只漂亮的雌鱼鹰，主人给她取了个同样漂亮的名字：黑玫瑰。

她在水中潜游，希望能捕到一条大一点的鱼。已经很久没有捕到大鱼了，甚至连小鱼的踪迹也难得一见。她努力钻进更深的水中，希望这样能有一点好运气。

水很浑浊。像所有的鱼鹰一样，黑玫瑰有一双几乎能穿透黑暗的眼睛。在水中，没有一条鱼能逃过她的眼睛。可是，黑玫瑰却觉得自己的视线变得越来越模糊了。水不再透明，而是变成了墨绿色。有时候，还会有一些酱色的液体混杂在其中。黑玫瑰的眼睛,常常感到刺痛。难道水也会灼伤自己的眼睛吗?黑玫瑰想不明白,曾经那么清澈的河流,怎么变成了这个样子。

前面隐约有一个白色的亮点,在沉浮,漂游。大白条鱼?黑玫瑰兴奋地追了过去。俯冲,斜刺,出击,黑玫瑰一个漂亮的转腾,一口擒住了白条鱼的尾巴。怎么软塌塌的?黑玫瑰定睛一看,原来是一块白色的塑料。黑玫瑰失望地张开嘴,甩掉了衔在口中的塑料。

黑玫瑰想哭,一只鱼鹰,是没有眼泪的。可是,黑玫瑰多么希望自己能流一些干净的泪水,把河水冲刷得像从前一样清澈啊。她抬头看看水面,渔夫站在竹筏上,神情木然地看着水面。黑玫瑰知道渔夫在想什么,他多么希望看到自己的鱼鹰,从水底钻出来的时候,嗉囊是鼓鼓的啊。他的老婆躺在病床上,孩子在上学,这一切,都迫切需要他的鱼鹰为他捕捉到鱼儿,好拿到集市上换些钱养家糊口。

水面上金光四射,黑玫瑰不知道,这是洒在水面上的阳光,还是自己的眼睛冒出的金星。饥饿像漫无边际的河水一样,包围着黑玫瑰。已经多久没有填饱自己的肚皮了?黑玫瑰记不清了。但她能够清楚地感受到,自己的脖子,被扎得越来越紧了,紧得都有点透不过气来了。记得早些年,跟随渔夫出来捕鱼,渔夫从来不扎她的脖子。那时候河里到处都是鱼,只要一个猛子扎下去,就一定能捕到一条大鱼。一只鱼鹰,只要填饱了肚子,就不会贪婪地将鱼吞进自己的胃里。可以说,捕鱼既是鱼鹰的工作,也是鱼鹰的乐趣,每个渔夫都明白这一点。从什么时候开始,生活变得如此艰难了呢?

每次,当渔夫将黑玫瑰脖子上的草绳勒得更紧一点的时候,都会一脸歉意地唠叨着请她原谅的话。黑玫瑰理解自己的主人,他的裤带,不也是越勒越紧了吗?

渔夫又在拍打竹篙了,这是催促鱼鹰们的号角。黑玫瑰很想浮出水面透口气,可是,她这样嗉囊空空地浮上去,渔夫将多么失望啊。

黑玫瑰憋着气,在水中潜游,继续搜寻着。忽然,一条小鱼从黑玫瑰身边仓皇游过。这么小的草鱼,搁在从前,黑玫瑰看都不会看一眼,但是今天黑玫瑰不打算放过它,她不能一无所获。黑玫瑰轻易地一口就将它叼住了。黑玫瑰衔着那条小鱼,向水面游去。她急切地想将这条小小的鱼,送给今天还一无所获的渔夫。她多么渴望看见他脸上露出一丝久违的笑容啊。

可是,在上升过程中,一不留神,小鱼滑进了胃中。黑玫瑰使劲地干呕,想将小鱼吐出来,可是脖子勒得太紧了,小鱼卡在脖子里,吐不出来。黑玫瑰很难过,恨不得掐断自己的脖子。

从渔夫的竹篙跳上竹筏,黑玫瑰"嘎嘎"地叫着,她要告诉渔夫,她不是贪嘴的鱼鹰,是脖子勒得还不够紧,而那条鱼实在太小了啊。

渔夫似乎听懂了黑玫瑰的话,他摸摸黑玫瑰的头,自言自语道,河水都黑了,没有鱼了,我们再也不能靠捕鱼为生了。看来我也得去城里打工了,你该怎么办呢? 说完,渔夫将鱼鹰脖子上的草绳,解开了。

黑玫瑰伸伸脖子,忧伤地看着渔夫。她抬头看看天空,从远方飘来的工厂的浓烟,将天空染得灰蒙蒙一片。黑玫瑰不知道,离开了渔夫,离开了曾经清澈的河流,她的家园,在哪里?她的被松开的脖子,感到了从未有过的窒息。